KB261226

종이
달

종이달

박주영 장편소설

자음과모음

내가 시들을 쓸 수 있을까?

일종의 전염병처럼 번지도록?

―실비아 플라스,『실비아 플라스의 일기』중에서

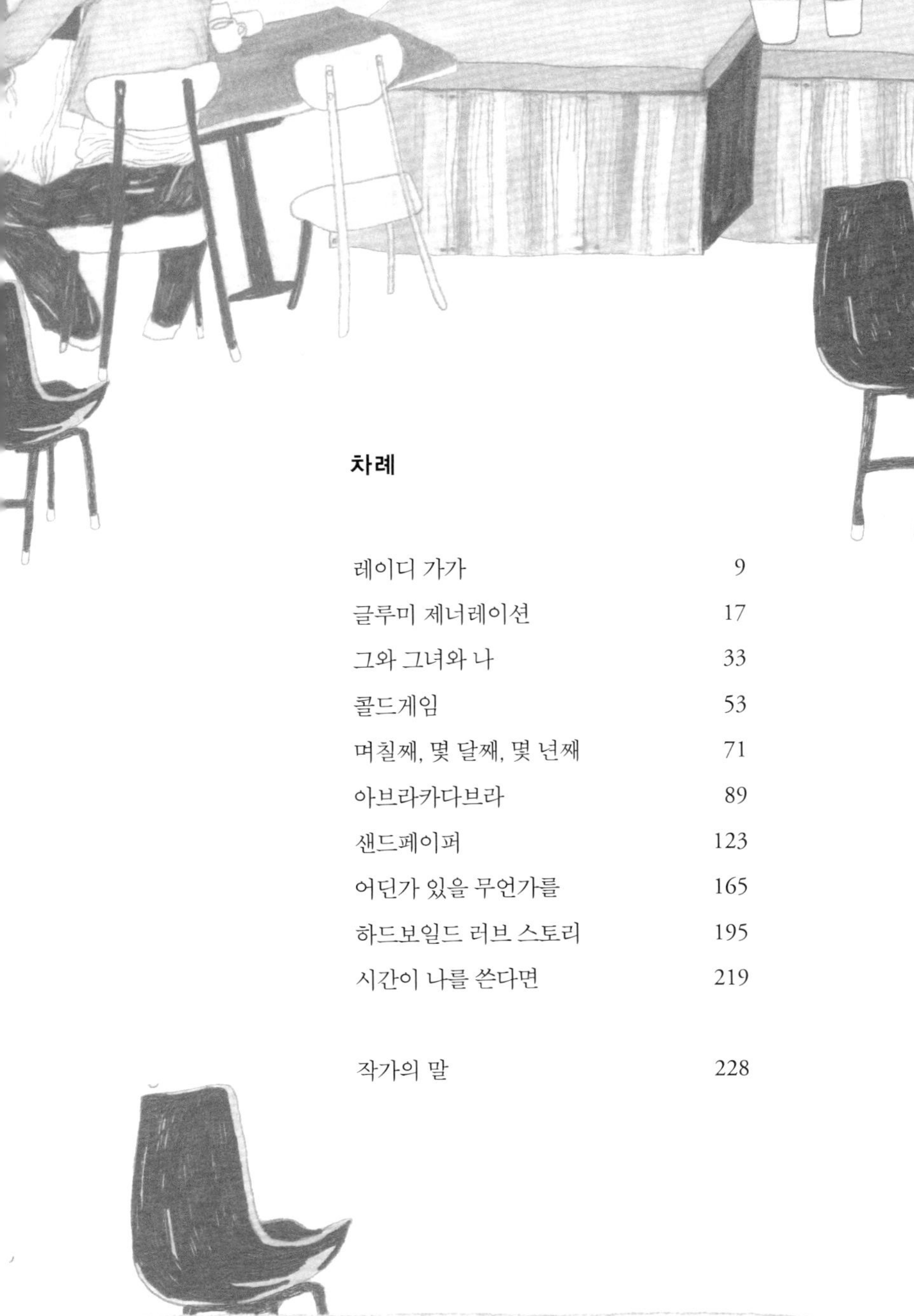

차례

레이디 가가

충분히 멋진 녀석이야.
남들이 따라올 수 없는 독창적인 방식으로
일을 해결하는.
―레이먼드 챈들러, 『호수의 여인』 중에서

*

　누군가 내게 어디로 여행을 떠나고 싶으냐고 묻는다. 나는 아프리카라고 대답한다. 그는 의외라는 듯 이유를 묻는다. 나는 잠시 생각하다가 동물의 왕국이나 사파리를 이야기한다. 아프리카 케냐의 마사이마라에 가면 새벽잠에서 깨어나는 사자, 한낮의 뙤약볕을 피해 풀을 뜯는 버펄로, 물을 찾아 이동하는 수십만 마리의 누 떼를 치타가 쫓는 장면을 볼 수 있다고. 그는 이해할 수 있다는 듯 고개를 끄덕인다.

　그러나 이런 내 대답을, 정말 나를 아는 사람들이 듣는다면 어이없어할 것이다. 살아서 움직이고 피 흘리고 그리고 병들고 마침내 죽어가는 건 내겐 사람만으로도 충분하니까.

누군가 말했다. 유럽이 인간의 예술이라면 아프리카는 신의 예술이라고. 그 말을 들은 이후로 나는 생각했다. 아프리카. 신. 예술. 내가 그곳에 가보고 싶은 이유는 그곳에 가보았다는, 살아 있는 사람을, 아직 아무도 만나지 못했기 때문이다.

*

어깨를 툭툭 부딪쳐오는, 옆 사람들의 몸놀림이 느껴진다. 서 있을 수 있는 적당한 공간을 차지하기 위해 나는 버티기를 하고 있다. 공간을 확보하기 위한 옆 사람들과의 신경전이 끝나자, 앉아 갈 수 있을까, 택시를 탈 걸 그랬나, 얼마를 더 가야 하나, 그런 생각들이 떠오른다. 무료하다. 이럴 때를 위해서 나는 언제나 음악을 준비한다.

핸드백을 열고 아이팟을 꺼내 작동시킨다. 배터리 표시등이 절반쯤에서 반짝인다. 이 정도면 충분하다. 요즘은 모든 게 이런 식이다. 언제부터인가 나는 절반이건 충분한 인간으로 살아가고 있다.

레이디 가가의 노래를 들으며 창을 바라본다. 차창에는 어두운 정물화 같은 사람들이 있다. 다들 무엇을 위해 어디로 가고 있는 걸까. 이런 장면에는 레이디 가가가 아니라 이런 가사의 노래가 어울리지 않을까.

'시청 앞 지하철역에서 너를 다시 만났었지. 신문을 사려 돌아섰을 때 너의 모습을 보았지. …… 나의 생활을 물었을 때 나는 허탈한 어깻짓으로 어딘가 있을 무언가를 아직 찾고 있다 했지. 언젠가 우리 다시 만나는 날엔 빛나는 열매를 보여준다 했지…….'

노래 속의 남자는 어딘가 있을 무언가를 아직도 찾고 있을지 모르겠다. 왜냐하면 그는 자신이 찾고 있는 것이 어디 있는지도 무엇인지도 모르니까.

앗! 한발 늦었다.

금방까지 내 곁에 서 있던 여자가 미끄러지듯 유연하게 어느새 내 앞 자리에 앉았다. 여자는 벌써 어깨에서 빅백을 내려 자신의 무릎 위에 놓았다. 내릴 역까지는 아직 까마득한데 오늘도 나는 앉아 가기는 틀린 모양이다.

징크스다. 처음 내 앞에 생긴 자리를 누군가에게 빼앗기고 나면 그다음에는 앉아봐야 소용이 없다. 대개 앉자마자 다음 역쯤에서 나이 든 어른이 타고 꼭 내 앞에 서는 것이다. 특별히 경로사상이 투철한 인간도 아니지만 모른 체 뻔뻔스럽게 구는 건 잘하지 못한다. 그러니 아주 착한 척하면서 여기 앉으세요, 하고 대뜸 일어설 수밖에. 그러면 그 노약자 어른은 말할 것이다. 아가씨, 고마워요. 그런 말 한마디라도 들으면 썩 괜찮은 날이다.

요즘 나는 운이 나쁘다. 한마디로 되는 일이 없다. 뭐가 되길 바라는지도 잘 모르겠지만, 나를 두고 돌아가는 형편이 좋질 않다. 그렇다고 딱히 낭패한 일이 일어난 것은 아니다. 하지만 때때로 이게 도대체 뭐지, 하는 생각이 드는 순간이 있고 짜증이 나고 견디기가 힘들어 악 소리라도 질러야 하는 때가 있다.

어쨌든 앉아 가는 건 그만 포기하는 게 좋을 것이다. 나는 포기가 아주 빠른 편이다. 한두 번 하다가 잘 안 되면 그 즉시 그만두어버린다. 어쩌면 그중에는 세 번쯤에는 분명 잘되었을 것도 몇 개는 있었을 것이다. 하지만 후회 같은 건 안 한다. 그런 일들은 모두 실은 세 번까지도 시도해볼 수 없을 만큼 내게는 무의미한 일이었을 것이다.

눈치챘는지 모르겠지만, 나는 포기가 빠른 데다가 또 변명도 많다. 늘 그럴듯한 이유로 다른 사람뿐 아니라 나까지 설득하기 때문에 이제까지는 두고두고 억울해할 일이 없었다.

지금까지 내가 한 짓들은 모두 나에게는 당연하기 그지없는 일들이었기 때문이다. 앞으로? 앞으로도 물론 이런 자세로 살아갈 것이다.

간단히, 아주 간단히, 내 소개를 하겠다. 사실 나는 별로 소개까지 할 만한 그럴싸한 이력이나 사연이 있는 인간은 아니다. 앞으로도 계속 그럴 것 같아 슬슬 걱정이 될 정도로 형편없는 인간이다. 너무 겸손했나. 사실 그렇지도 않다.

이름은 윤승아. 나이는 스물일곱. 2남 1녀 중 막내. 회사 면접도 선도 아니니, 키나 몸무게, 외국어의 수준이나 학교 성적, 부모님 직업이나 재산 정도, 태어나고 자란 동네나 살고 있는 아파트 평수, 오빠들의 학력이나 직업까지는 이야기하지 않겠다. 사실 그런 건 별문제가 아니다. 문제는 나니까.

나는 사 년 전 대학을 졸업했다. 전공은 실생활에 아무 도움도 안 되는 관념적이고 추상적인 걸로 했다. 대학 졸업 후 대기업에 입사했으나 일 년을 다니다가 그만두었고, 잠깐잠깐 아주 별 볼 일 없는, 별 볼 일 없기에 더욱 견디기 힘든 일들을 하다가, 지금은 아주 완전히 푹 쉬고 있다. 흔히 말하는 백수라고 할 수 있다.

다음 역은…….

아, 이제 내려야 한다. 누군가 나를 기다리고 있다. 약속 시간에서 삼십 분이 지나고 있다. 기다리다가 갔을지도 모르겠다. 그래도 상관은 없다. 어차피 만나봐야 우두커니 마주 보며 정말은 무슨 말인지도 모르면서 그래, 나도 알아, 나도 그래, 다 그렇고 그런 거지, 하고 거짓 위로를 해야 할 것이다. 그러고는 버릴 만한 용기도 없고 싸울 만한 배짱도 없는 사람들끼리 또 닳고 닳은 타협안을 내놓고는 또 그런 우중충한 기분을 떨치려고 말을 쏟아내고 노래를 쏟아내고 해야 할 테니까.

이제 모든 것이 뻔하다. 대충 어떻게 될지 모두 알고 있다. 오늘이 될지 내일이 될지 모를 투항의 그날까지는, 그래도 파닥거리는 저항의 몸짓을 보여야 한다는 것. 그래야, 먼 훗날 자기 자신에게 순순히 항복하지는 않았다고, 나름대로는 끝까지 저항하다가 여기까지 끌려온 거라고 말할 수 있을 테니까.

남들 하는 대로 하면 되는 것이다. 남들 하는 대로만 해도 좋은 것이다. 아무런 문제도 없었다, 이제까지는. 남들 하는 대로 그럴듯하게 흉내는 내어왔으니까. 지나온 시간보다 앞으로 올 시간은 더 쉬울지도 모른다.

하지만 그 모든 것이 귀찮아질 때가 있다. 내가 없어도 세상은 삐걱대며 끝내는 돌아갈 것이고 나 없으면 죽을 것 같다던 사람들도 언젠가는 나를 잊고 살아갈 것이다. 아무렇지도 않은 듯 매일 재깍재깍 돌아가는 내 삶을 엉클어버리고 싶다.

그리고 다시 시작하고 싶다. 어떻게? 이렇게 말고 다르게. 웃기는군. 그렇지만 오늘은 하던 대로 하자. 내리자, 더 늦기 전에.

글루미 제너레이션

그런 덧없는 것들 때문에 시간을 낭비해선 안 된다.
일단 사라지고 나면 그뿐.
그게 끝이다.
―폴 오스터, 『폐허의 도시』 중에서

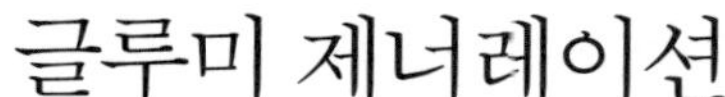

*

나는 아침이 싫다.

*

어쩌다 눈이 뜨이는 시간이 이른 아침일 때 어떻게 긴 하루를 견뎌내야 할지 모르겠다. 전혀 새롭지 않을 길고 긴 하루의 시작, 이 막막한 아침이, 변함없을 오늘이, 결국 아무것도 달라지지 않을 내일이 지겹다.

내게 왜 날마다 아침이 찾아오는지 모르겠다. 이런 시간은 내게 불필요하다. 누가 원한다면 그럴 수만 있는 거라면 이 남아도는 시간들을 바빠 죽겠다는 그들에게 주고 싶다. 특히 우리 아버지. 지금은 물론 아버지에게도 시간이 남아돌겠지만. 타임머신이 있다면 과거로 가서 바빠서 가족과 저녁 식사 한번 제대로 할 수 없었던 아버지에게 더 주체할 수 없이 넘쳐나는 내 시간을 주고 싶다.

우리 가족은 모두 다섯이다. 아버지, 어머니, 큰오빠, 작은오빠, 그리고 나. 아버지와 어머니는 고향에 있고, 큰오빠는 미국에서 돌아오지 않고 있으며, 작은오빠와 나는 서울에 있다. 우리 가족은 이렇게 산산이 흩어져 살고 있다. 우리 가족이 이렇게 뿔뿔이 흩어지게 된 것은 대학 때문이다. 이제 모두 대학을 졸업했지만 다시 모여 살 수는 없을 것이다. 어쩌면 우리 가족은 곧 더 잘게 쪼개질지도 모른다. 작은오빠나 나, 둘 중 하나가 결혼을 하게 되면 원소가 둘 이상 되는 집합은 아버지와 어머니가 사는 고향 집뿐이다.

날마다 찾아드는 다른 날은 내게 아무런 의미도 주지 못한다. 사 년 꼬박 채워 다닌 대학이 내게 아무 의미도 주지 못하는 것처럼. 나는 정말 대학에 가지 말았어야 했다. 어쩔 수 없이 갔더라도, 그곳이 내게 무얼 해줄 거라고, 거기만 통과해 나가면 무언가 또 기다리고 있을 거라고 생각하지 말았어야 했다.

　대학 학벌이 그다지 효용이 없는 것처럼 내게는 필요 없는 기능이 너무 많다. 어떻게 쓰는지 어디다 쓸 건지 아무 계획도 없이 남들이 좋다고 하는 사양은 모조리 갖춘 컴퓨터 같다. 브랜드 네임에다가 별로 쓰지도 않을 기능까지 갖추느라 한없이 복잡하고 가격대만 높아졌다. 높은 가격대에 가장 큰 영향을 미친 건 내 외모이다. 똑같은 기능을 가진 제품도 디자인에 따라 선택받고, 똑같은 성적을 내도 아니 조금 못해도 외모가 뛰어난 스포츠 선수가 훨씬 더 팬이 많다. 사람들이 인정하는 나의 가장 큰 장점은 외모이다.

　나는 어릴 때부터 예쁘다는 소리를 꽤 듣고 자랐다. 지금은 예쁘다는 말보다는 특이하다는 말을 더 많이 듣긴 하지만, 사람들은 언제나 내 외모에 가장 먼저 관심을 보인다. 진열대 위에 우르르 늘어선 상품 중에서 어떤 이유로든 가장 먼저 시선을 사로잡는 것이 관건이라면 나는 일단은 성공하고 있는 셈이다. 하지만 그것이 구매로 이어지지는 않는다. 이 가격을 치르고 이런 걸 사는 사람은 취향이 특이한 사람이거나 개념이 없는 인간일 가능성이 높다.

　처음 만난 사람들은 나에게 예쁘다는 칭찬을 하지만 그 칭찬은 내가 입을 열고 거침없이 말을 몇 마디 내뱉기 시작할 때쯤이면 이미 물 건너간다. 나는 예쁘게 생겼지만 예쁜 말을 하지는 않는다. 게다가 상대방을 배려하거나 장소를 고려해서 아주 신경 써서 차려입지 않은 다음에야 내 스타일은 예쁜 것들이 하고 다니는 것과는 거리가 아주 멀다. 좋은 집 안에서 잘 자란 얌전하고 건전한 여자 스타일과는 고향 집을 떠나면서 멀어진 지 오래이다. 그러면 나에 대한 사람들의 평가는 '특이하다'라는 단어로 변화한다. 특이하다는 말을 하는 사람은 그 말을 욕으로 했을지도 모르지만 나는 칭찬으로 받아들인다. 남들처럼 예쁜 것보다는 남들하고 다르게 특이한 게 더 좋으니까.

멍청이들은 겉밖에 보지 않는다. 안을 들여다본다고 해도 알지도 못할 것이다. 난 그렇게 간단하지 않다. 나는 누구나 한 번쯤 쳐다보지만 누구도 선뜻 구매하지 않는 상품 같은 인간이다.

스물일곱 살. 언제까지 진열대에서 버틸 수 있을까. 이 계절이 지나면 세일에 들어가거나 그것마저도 실패한다면 불타 사라질지도 모른다. 위기의식을 느낄 만하지 않은가. 외모, 그거면 되는 것이었는지도 모른다. 하지만 나는 늘 그걸로는 충분하지 않다고 생각했다. 하나만 믿고 하나라도 제대로 잘했다면, 아니 사람들이 보는 나를 내가 조금만 더 쉽게 받아들일 수 있었다면 내 인생이 여기서 이렇게까지 꼼짝도 못하고 있지는 않았을지도 모른다.

상품의 유통기한보다 청춘의 유효기간이 짧을지도 모른다. 무엇이 기다리고 있는지도 모르면서 진열대 위에서 마냥 기다리는 청춘이라면 더더욱.

나조차도 어디에다 가져다 놓으면 최상인지, 어떻게 쓰는 게 최선인지 모를 나라는 인간이 이 가격에 곧 팔려 나갈 거라고 기대하는 건 바보 같은 짓이다. 상품은 구매자를 고를 수 없다. 내 가격을 매긴 것도 내가 아니고, 진열대에서 사라지는 것도 내 의사와는 상관없을 것이다. 세상 사람들이 붙여준 가격으로는 절대 나를 팔지 않을 거니까. 그래, 아무도 사지 마, 사지 말라고. 이러고 있다가 불타 사라져버릴 테니까. 활활.

*

침대에 누워 한계치까지 밍그적거렸건만 아직 열 시도 되지 않았다. 오늘은 너무 일찍 일어났다. 어떤 사람들은 벌써 출근해서 일을 하고 있을 시간이지만 할 일 없는 나에게 일찍 일어나는 건 미덕이 아니다.

텔레비전을 켠다. 리모컨을 아무리 움직여보아도 새로운 건 없다. 저 드라마는 일주일에 다섯 번쯤 하는 것 같고, 저 가수인지 개그맨인지 정체 모를 애는 텔레비전을 도배하다시피 하며, 저 개그맨이 진행하는 프로그램은 도대체 몇 개인가. 저 탤런트는 저번에도 복수하겠다더니 이번에도 또 복수하겠다고 하고, 저 여자애와 이 여자애는 자매인가, 쟤도 얼굴이 비슷하네, 같은 병원에서 수술한 건가. 똑같다. 모조리 무한 반복되고 있다. 뉴스마저도 하나도 새롭지 않다.

휴대폰 벨이 울린다.

보지 않아도 알 수 있다. 엄마다. 그렇다면 이제 열 시가 지났다. 늦잠이 버릇인 내가 그래도 일어나야 한다고 엄마가 믿는 시간이다. 왜냐하면 최소한 열 시에는 일어나야 아침을 먹을 수 있고, 그래야 하루 세끼를 다 먹을 스 있다고 믿는 엄마니까.

나는 아침 같은 거 챙겨 먹지 않은 지 오래되었고 하루 삼시 세끼를 먹지 않고도 사는 데 아무 지장도 없는 인간이다. 백수가 하루 세끼 꼬박꼬박 챙겨 먹는 건 양심도 없는 짓이다, 하고 말하곤 하지만 사실은 귀찮기 때문이다. 굶는 것이 혼자 챙겨 먹는 것보다 쉽다. 내 사전에 모닝커피는 있을지 언정 아침밥은 없다는 말이다.

일어나 커피나 마셔야겠다. 지금은 어쨌든 '밥은 먹었니?' 라고 시작하는 엄마 전화를 받고 싶지 않다. 그다음 레퍼토 리까지 너무 뻔하다.

"내가 너 때문에 편안할 날이 없구나. 가시방석이다. 아버 지 알면 어쩌려고 그러니?"

또 엄마는 그 말만 열댓 번 신들린 사람처럼 반복하고 나 는 듣는 둥 마는 둥 하면서 딴짓을 할 것이다. 아버지가 알면 어쩔 거냐고? 뭐, 어쩌겠어. 아버지가 뭐 어쩌는 사람이었나. 그냥 아무것도 안 하고 뒷짐 지고 있는 아버지를 두려워하게 만드는 건 엄마의 호들갑일 뿐이다. 그리고 아버지는 내 일 에 관심도 없다. 누를 끼치지 않을 정도로만 부끄럽지 않게 살아주기만 하면 된다. 아버지는 내게 거창한 걸 바란 적이 한 번도 없었다. 물론 엄마도 그렇지만.

부모님의 기대뿐 아니라 온 집안의 관심이 온통 큰오빠에 게만 쏠려 있었다. 직업군인으로 떠도는 아버지로 인해 오래 도록 우리 남매는 할아버지, 할머니와 함께 살았다. 할아버 지와 할머니는 유독 큰오빠를 편애하셨다. 먹을 것이 있으면 그걸 제일 먼저 먹어야 하는 것도 큰오빠였고 손님들이 들고 오는 선물들에서 제일 먼저 고를 수 있는 권리도 큰오빠의 것이었고 다 가지겠다고 해도 아무도 말릴 수 없었다. 심지어는 텔레비전의 채널 선택권도, 하루 식단의 선택권도 큰오빠에게 있었다. 우리는 뭘 해도 큰오빠 다음이었다.

나와 작은오빠는 언제나 큰오빠보다 낮은 수준의 기대와 인정만을 받았다. 할아버지와 할머니가 사람들에게 자랑을 늘어놓는 건 큰오빠에 대한 것이었다. 우린 똑같이 잘해도 큰오빠보다는 덜 인정받고 덜 사랑받는다고 느꼈다. 모든 인간이 평등하지 않다는 걸 나는 아주 어릴 때부터 알고 있었다.

불리한 위치에 서 있으면 더 노력하면 된다고 말할지도 모른다. 하지만 그게 어디 쉬운 일인가. 불리한 위치에 있으면 더 쉽게 포기하게 된다. 작은오빠가 그랬다. 작은오빠는 어릴 때부터 큰오빠와는 반대편으로 나아갔다. 학교 성적도 엉망이었고, 툭하면 싸움질에, 정서가 불안하다고, 선생님이 부모님을 학교로 부르곤 했다.

선생님과의 면담을 마치고 돌아오면 엄마는 항상 이렇게 말하곤 했다.

"내가 저놈 때문에 못 살아. 창피해 죽겠어. 저걸 뭐하러 낳았나 몰라."

할아버지, 할머니가 돌아가시고 아버지가 퇴역 후 회사를 다니게 되고 어머니가 매일 집에서 머물면서 그럭저럭 정상적인 가족 구성원으로 살게 된 이후부터 작은오빠는 전처럼 심하게 엉망으로 굴진 않았다. 사실 할아버지나 할머니, 또 어머니와는 달리, 아버지는 그렇게 만만한 상대가 아니었다. 스스로 무엇을 어떻게 왜 잘못했는지 뉘우칠 때까지 용서하지 않으셨다. 그리고 아버지는 표 나게 큰오빠를 특별 대우하지도 않으셨다. 아버지 앞에서는 큰오빠도 잘못을 하면 똑같이 벌을 받았다.

아버지에게서 조금이라도 특혜를 받은 사람이 있다면 그건 나였다. 아버지는 내가 어리고 또 여자라고 매를 들지는 않으셨다. 그 대신 나는 엄마가 큰오빠에게 해주는 것 같은 위로는 받아보질 못했다. 아버지의 매를 피해가는 대신 며칠씩 엄마의 신경질적인 잔소리를 들어야 했고 벌로 엄마 일을 도와야 했다. 그래서 차라리 똑같이 한 대 맞고 마는 게 낫겠다고 생각한 것이 한두 번이 아니었다.

아버지가 군인에서 사업가로 변모해가면서 우리 남매의 교육 문제는 어머니의 영역으로 넘어갔다. 거의 모든 문제가 어머니에게 맡겨졌고 아버지는 사후승인만 했다. 이런 식이었다. 승혁이가 이번에도 일등을 했어요. 잘했군. 승민이가 학교에서 말썽을 피워서 또……. 당신은 도대체 집에서 뭘 하는 거야. 애 하나 단속 못 하고. 승아가 발레를 배우고 싶다는데 가르칠까요? 당신이 알아서 해.

큰오빠와 작은오빠는 두 살 차이다. 둘은 줄곧 같은 학교를 다녔다. 작은오빠가 학교에 입학하면 잘난 큰오빠가 3학년으로 버티고 있었다. 선생님이나 선배들은 항상 작은오빠에게 이렇게 말했다고 한다. 네가 윤승혁 동생이구나. 형, 부끄럽지 않게 잘해. 쟤가 승혁이 동생이래. 그래서 자신은 한 번도 윤승민으로 살지 못했다고 했다. 나에게 그런 고백을 했을 리 없고 술주정하는 것을 우연히 들었을 뿐이다.

아버지를 꼭 닮은 큰오빠가 싫다. 그렇다고 정신 못 차리는 작은오빠가 좋았던 것도 아니다. 굳이 편을 먹어야 한다면 작은오빠와 내가 한편이 되는 수밖에 없었다. 왜냐하면 적은 우리 둘이 뭉치기라도 해야 겨우 항의라도 해볼 수 있을 정도로 강했던 것이다. 큰오빠 뒤에는 아버지, 어머니, 그리고 할아버지, 할머니가, 우리 가족의 역사가 버티고 있었다. 할머니가 하던 말을 따라서 엄마는 입버릇처럼 말하곤 했다. 죽으면 제사 지내줄 사람은 큰오빠라고. 정말 그럴까? 귀신은 바다를 못 건너간다던데, 미국에서 큰오빠가 제사를 지내도 밥 얻어먹기 힘들걸 아마, 나는 속으로 그렇게 중얼거리곤 했다.

　그런데 지금 엄마의 기준으로 한다면 엄마를 창피하지 않게 살아주고 있는 사람은 우리 남매들 중 아마도 작은오빠뿐일 것이다.

　취직을 한 작은오빠는 주말에만 이 집으로 온다. 주인이 늘 없는 작은오빠의 방을 지키고 있는 것은 그가 끊임없이 사 들고 들어오는 CD와 벽에 줄줄이 걸려 있는 몇십 개의 야구 모자와 옷장에 차곡차곡 접혀 쌓여 있는 청바지뿐이다. 그것들은 작은오빠가 가장 아끼는 물건들이다. 작은오빠는 그 방을 '꿈의 관'이라고 표현했다.

　서울 근교에 회사에서 마련해준 숙소가 따로 있는 작은오빠가 아직 이 아파트를 생활공간으로 하고 있는 이유는 나 때문이다. 아버지와 어머니는 작은오빠가 주말에만 겨우 여기로 온다는 걸 모른다. 알면 당장 내 공간은 사라지고 말 것이다.

　나는 솔직히 작은오빠가 어떻게 취직을 하고 거기다가 이렇게 오래 회사를 군소리 없이 그것도 잘 다니고 있는지 놀라울 따름이다. 우리 집에서 제일 골칫덩어리는 언제나 작은오빠였는데. 그러나 차근차근 인생의 코스를 밟아가고 있는 작은오빠라고 안심할 수 있을까. 향후 십 년쯤 회사에서 잘리지 않는다고 누가 보장할 수 있는가. 나는 가끔 작은오빠가 무슨 생각을 하면서 성실한 척하고 있는지 궁금하다. 그러니까 며칠 뒤, 아니 바로 내일 회사를 그만둘 수도 있지 않은가. 바로 나처럼.

내가 처음 입사한 회사이자 처음 그만둔 회사는 이름만 대면 좋은 데서 일하시는군요, 할 만한 그런 회사였다. 내가 작은오빠처럼 성실한 척하면서 가만히 다녔으면 지금쯤 나는 회사 명함을 내밀며 안심하며 살 수 있었을지도 모른다. 나 자신은 몰라도 적어도 엄마는. 문제는 내가 아무 생각 없이 입사를 하고 또 그만두었다는 것이다. 시작이 쉬웠으니 다음 시작도 쉬울 줄 알았을까? 그때는 남들에게 어려운 건 나에게도 어렵다는 걸 몰랐던 것일지도 모른다.

어쨌든 팍팍한 경쟁률을 뚫고 들어간 회사를 일 년 남짓 다니고 그만둔 후, 나는 그보다 못한 회사를 들락날락했다. 내가 해온 일이라는 게 대개 그냥 돈벌이였을 뿐 커리어와는 거리가 멀었다. 한마디로 돈은 좋은데 일은 싫었다는 얘기다. 그리고 일이 싫으면 그 일로 받는 돈도 점점 만족스럽지 않아진다는 것도 알게 되었다.

어쨌든 그 일들은 모두 나 아닌 누구라도 가능한 일이었다. 언젠가 내가 그렇게 말했을 때 작은오빠는 누구라도 가능한 일이란 의외로 많지 않다고 말했었다. 그러니까 나는 세상에 누구라도 가능한 일이 얼마나 되는지를 섭렵해보고 있는 셈이다. 생각해보면 그 일들은 나 아닌 다른 사람들이 더 잘할 수 있는 일이었던 것도 같다. 그리고 지금 나는 내가 남들보다 잘할 수 있는 그런 일이 과연 있기나 한 건지 의문이다. 아니, 내가 남들만큼 할 수 있는 게 있는지도 잘 모르겠다.

*

다시 휴대폰 벨이 울리기 시작한다.

전에 같이 일하던 누군가가 새삼스레 안부를 묻거나, 아니면 늘 같이 어울리는 백수 중 하나가 오늘 스케줄을 물으며 점심을 같이 먹거나 저녁에 만나는 게 어떻겠느냐고 묻거나, 혹은 좋은 남자 운운하면서 별 볼 일 없는 남자를 소개팅으로 내게 떠맡기려는 거겠지.

십 분 간격으로 울려대는 벨소리를 무시하고 집으로 배달되어온 패션 잡지를 뒤적거렸다. 잡지의 후반부에 다다르면 언제나 이달의 운세를 만난다. 나는 운세 같은 건 재미 삼아서도 보지 않는다. 내 삶에 대해 나는 아무것도 예측하고 싶지 않다. 예측이란 대개 기대를 포함하니까. 그리고 별자리나 띠 혹은 어떤 식으로든 몇 가지로 사람의 타입을 구분하고 당신은 거기에 속합니다, 하고 선언하는 종류의 일은 매우 불쾌하다. 나는 그 어디에도 포함되기 싫다. 그리고 포함될 수 없다.

나는 무의식적으로 내가 고아라고 생각해 왔다. 정확히 언제 어디서 어떻게 태어났는지를 모르는 고아. 큰오빠만 어머니가 낳은 아버지 친자식이고 작은오빠와 나는 어디서 주워 온 것이 틀림없다고 믿었다. 지금의 부모는 큰오빠가 쓸쓸해하지 않도록 작은오빠와 나를 고아원 같은 데서 데려왔을 것이다. 어쩌면 큰오빠가 가지고 놀 장난감이 필요했던 걸지도 모른다. 그런 이유로 나는 춥고 배고픈 고아원을 떠나 좋은 집에서 살게 되었다. 할아버지, 할머니, 아버지, 어머니는 그런 내 상상에 꼭 들어맞게 훌륭한 연기를 해주곤 하셨다. 어디서 시작되었는지 모를 고아라서 어디로 갈지 모르는 것일까.

한 달 동안 보라고 어떤 사람들이 한 달 동안 만들었을 잡지를 삼십 분도 못 되어 해치웠다. 그래도 여전히 아침이다.

그와 그녀와 나

샤를이 그녀에게
"길을 잃지 않는 가장 좋은 방법은
어디로 가는지 모르는 것이다"라고 말했듯이
그녀는 그녀가 어디로 가는지를 잘 알지 못한다.
— 장 자크 쉴, 『잉그리드 카벤』 중에서

*

　어제는 술을 너무 마셨다. 정말 오래간만에 필름이 끊겼다. 내가 잘하는 건 술 마시는 것, 노래 부르는 것, 춤추는 것, 계속해서 쉴 새 없이 떠드는 것, 그렇게 사람들을 매우 매우 즐겁게 해주는 것이다.

　성우, 그 자식만 아니었다면 어제 술자리는 기분 좋게, 기분 좋은 척, 마무리되었을 것이다. 아쉬움 없이 진탕 마시고 뒤끝도 남지 않아 지금쯤은 정말 아무 생각도 나지 않아야 정상이다. 그런데 그 자식이 결정적으로 내 기분을 상하게 했다. 언제나 성우가 문제다. 친구들은 아마도 성우와 내가 문제라고 생각할 테지만.

언젠가부터 성우와 나는 만나기만 하면 싸웠다. 처음에는 잘 짜인 핑퐁 게임처럼 말장난이 오가는 정도여서 우리 둘이 주고받는 이야기를 듣고 있는 사람들이 흥미진진해할 그 정도였는데. 그게 계속되더니 이제는 험악한 수준까지 진행되었다.

성우, 그 자식 이야기를 주절주절 되새길 필요는 없을 것이다. 하지만 오늘 아침까지도 그 말이 귀에 뱅뱅 돌고 있다.

"예쁜 여자애들은 모두 술집에 있지."

얼굴 예쁜, 아직은 젊은 여자가 술 마시고 노래하고 춤추고 떠들고 게다가 돈까지 벌 수 있는 걸 다들 알지 않느냐고 성우는 말했다.

"그건 예쁘기만 한 애들이지. 난 그냥 예쁘기만 한 게 아니거든."

나는 그렇게 기세 좋게 대꾸했다. 어제 성우 주장의 요점은 예쁜 여자들은 하나같이 다루기에 비용과 노력이 많이 든다는 것이었다. 게다가 예쁜 여자는 머리가 나쁜 게 사는 데 훨씬 유리하며, 또 뭔가 갖추고 잘나면 잘날수록 사는 게 피곤해진다고까지 했다. 그러고는 예쁘고 똑똑하고 유명하기까지 한 이혼한 여자들을 예로 들면서, 그렇지 않느냐고 뻔뻔스러운 얼굴로 내게 동의까지 요구했다.

나중에 나타난 성우의 친구인가 뭔가 하는 남자가 말리지 않았더라면 아마 좀더 험악한 지경에 이르렀을지도 모른다. 이전의 어떤 날처럼 피가 튀는 일이 생겼을지도 모른다. 그때 피를 흘린 사람은 물론 내가 아니었다.

언젠가부터 성우와 나는 웃자고 한 이야기에 죽자고 덤벼들며 싸우곤 했다. 그렇게 싸우고 나면 가슴속 응어리가 사라지고는 했다. 노래를 부르고 춤을 추고 술을 마셔도 사라지지 않던 무언가가. 성우와 나는 종종 크게 싸웠지만 뒤끝은 없는 편이었다. 우리는 진짜 우리 문제로 싸우고 있는 것이 아니었다.

나는 가끔 헤어진 애인을 생각하곤 했다. 그는 나를 이해하지 못했고 나도 그를 이해하지 못했고, 결정적으로 서로가 다른 인간임을 받아들이지 못했다.

우리가 그렇게 열심히 싸웠던 건 어쩌면 함께 가야 할 인생이 있다고 생각했기 때문이었는지도 모른다. 점점 더 그는 나 같은 이상한 여자를 자기 여자로 받아들일 수 없었을 것이다. 내가 그 같은 완벽하게 평범한 남자를 내 남자로 받아들일 수 없었던 것처럼. 나 같은 이상한 여자가 친구였다면 그도 흔쾌히 넘어갈 수 있었을지도 모른다. 왜냐하면 자기 인생과는 아무 상관도 없으니까. 고치거나 바꾸어야 할 필요가 없는 것이다.

그 같은 이유로 처음 본 사람이 무서워할 정도로 싸우면서도 나는 계속 성우를 만나는 것일까. 일부러 만난 적은 없으니 피하지 않는다고 하는 게 맞을지도.

성우에 대해 설명을 좀 해야 할까. 한때 어떤 록 그룹의 드러머였다는데 확인할 길은 없다. 보컬도 아니고 화려한 기타리스트도 아닌데, 제일 뒷자리에 있는 드러머까지 누가 쳐다보나. 이런 나한테 사람들은 말한다. 그게 바로 네 문제라고. 그러면 내가 항상 하는 말은 이거다. 그러니까 네가 드러머 하라고, 내가 보컬 할 테니까. 그리고 난 끝까지 이렇게 우긴다. 그래도 보컬이 제일 중요해. 그렇잖아, 안 그래? 좀 솔직해지라고 말하고 싶다.

하지만 나도 세상에는 진짜 멋진 드러머가 필요하다는 것을 안다. 하물며 무대 근처에는 가지도 못하는 작곡가나 엔지니어, 심지어는 관객, 그런 사람들 없이는 아무것도 제대로 되지 않는다는 것도 안다. 하지만 난 언제나 보컬 외의 다른 건 되고 싶지도 않고 어울리지도 않는다고 생각해왔다. 그런데 이젠 그것도 다 옛날 옛적의 철없던 윤승아의 이야기이다. 아직도 나는 보컬 외의 다른 건 시켜줘도 안 한다고 입으로는 말하고 있지만 마음속으로는 '그게 다 무슨 소용 있어'라고 생각한다.

술 마시고, 노래 부르고, 춤을 추고, 쉴 새 없이 떠들면서 사람들을 즐겁게 해주는 것. 그러고 사는 것만으로도 충분하다. 아니, 그러고 살아도 괜찮다고 생각했다. 하지만 이제 아니다. 무엇보다 내가 즐겁지 않다. 완전히 미쳐지지가 않는다. 그리고 이런 생각이 들기 시작했다. 여기 이 사람들도 나처럼 즐거운 척, 미친 척 하고 있는 것은 아닐까.

＊

마지막으로 연애다운 연애를 한 애인이 내게 마지막으로 남긴 말은 '미친년'이었다. 그는 언제까지 얼굴 하나 믿고 까불 거냐고 했다. '그럼 헤어져'라고 말했을 뿐인데 그는 자기가 한 표현대로라면 사랑하는 나에게 온갖 욕설을 퍼부었다. 일주일쯤 술을 퍼마신 후 잊을 수도 있을 거라 여겼지만 아직도 잊지 못했다. 그가 아니라 그가 마지막으로 내게 남긴 말을.

그는 내가 미친년이어서 헤어지기로 했을까? 그와 나는 공식적인 연인 관계였다. 한 삼 년 사귀고 나니 예의를 갖출

만큼의 거리도, 성의를 다할 만큼의 존중도, 타인을 향한 인간적인 배려도 없어졌다. 처음에는 그 거리낄 것 없는 관계가 사랑이라고 생각하기도 했었다.

우리는 서로에 대해 알 만큼 안다고 생각했다. 그것도 단점에 관한 한. 나는 그가 학력에 비해 문화적 취향이 편협하다고 생각했다. 자기 수준을 스스로 인식하지 못할 만큼이라고 생각했다. 자기가 걸그룹을 좋아하는 건 흐뭇한 거고 내가 꽃미남을 좋아하는 건 웃기는가. 자기가 보는 유럽챔피언스리그는 '잘하니까'이고 내가 보는 칸영화제 수상작은 잘난 체인가. 자기의 스타 워렌 버핏은 모르는 게 이상한 거고 나의 스타 수전 손택은 모르는 게 당연한가. 어쩌면 그것은 차이에 불과한 것일지도 모르는데 열정이 사라지고 권태가 찾아오자 견디지 못할 정도의 것이 되고 말았다.

그는 나보다 수학능력평가의 점수는 물론 내신 성적도 더 좋았으며 학점도 더 좋았다. 그 성적들 때문에 그는 나보다 자신이 늘 우월하다고 생각했다. 점수가 그보다 낮은 내가 회사에 입사하자 그는 그 행운을 몹시 부러워했다. 어느 날에는 마치 내가 그의 것을 빼앗은 것인 양 비난하기도 했다. 내가 물러서면 그가 그 자리에 들어오는 게 가능한가. 애초에 그들은 소모적인 존재로서, 대체 가능한 부품으로서 나

같은 사람을 원했다. 그처럼 충성을 맹세하는 부담스러운 자는 그 자리에 어울리는 존재가 아니었다.

우리는 정말 우리 자신만의 이유로 헤어진 것일까? 그가 원하는 일을 아무런 갈등 없이 하게 되는 행운을 누렸다면 우리는 그런대로 괜찮은 연인 관계를 조금 더 유지했을지도 모른다. 운명이 너그러우면 타인에게도 너그러워지는 법이니까. 그랬다면 적어도 나는 미친년 소리까지 들으면서 헤어지지는 않았을 것이다.

그런데 정말 나는 미친 걸까? 술을 좋아하긴 하지만 필름이 끊기는 건 일 년에 한두 번이고, 낯선 남자와 무작정 섹스를 하지도, 마약을 하지도, 도둑질이나 살인을 하지도 않는다. 그 모든 미친 짓을 하나도 하지 않고도 내가 미친년 취급을 받은 것은 직장을 그만두었기 때문이다. 우리 세대의 가장 미친 짓은 멀쩡한 직장을 그만두는 것이었다. 그것도 아무 계획 없이. 내가 멀쩡하지 않은 직장을 그만두었다면 그는 그렇게 화를 내지는 않았을지도 모른다. 그는 내가 그만둔 수준의 멀쩡한 직장에 이제는 취직을 했을까.

같은 점수로 더 높은 대학 더 높은 학과에 지원했던 것처럼 더 많은 돈을 주는 회사에 가면 그만이라고 했다. 적성이 아니라 점수에 맞춰 간 대학을 아무렇지도 않게 다닌 것처럼 회사도 그럴 수 있으리라고 여겼다. 그러나 아니었다.

지금도 생각한다. 내가 누구인지 생각해볼 시간을 잠시만 갖겠다는 것이 미친 짓인가.

그는 이미 내가 누구인지 알고 있다고 했다. 내가 모르는 나를 알고 있다고? 그는 자신이 알고 있을 뿐 아니라 세상이 알고 있으니 걱정하지 말라고 했다. 그는 회사 로고가 선명하게 박힌 내 명함을 집어 던졌다. 나는 그 네모난 종이 위의 사람이기도 했지만 아니기도 했다. 그렇게 많은 이야기를 하고 그렇게 많은 것을 함께하고도 그걸로밖에 나를 알 수 없는 그를 용서하고 싶지 않았다.

그는 나에게 저주를 퍼부었다. 평생 그러고 살라고. 평생 미친년으로 살라고. 그리고 그 저주는 아직도 충분히 효과를 발휘하고 있다.

*

어떤 날은 자기도취로, 어떤 날은 자기혐오로 시간을 보낸다. 아직도 여전히 어디로 튈지 모르는 내 삶을 지겨워한다. 삼십 년도 살지 않았는데, 어떤 날은 다 산 것 같고, 어떤 날은 시작도 못 한 거 같다. 더는 어디로 뻗어갈 수 없는 절망감. 우울증까지는 아니다. 죽음 같은 건 생각지 않으니 그래도 비교적 건강한 편이겠지. '설마 내가 이대로 이렇게야 살겠어'라는 기대가 남아 있고, 무언지도 모르면서 아직도 가능성은 충분하다고 생각하는 건지도 모르지, 내 무의식에서는.

*

효림과 통화를 한 건 새벽 네 시였다.

*

새벽 네 시는 깨어나기에는 너무 이른 시간이었고 잠들기에는 확실히 늦은 시간이었다. 나는 잠들지 못하고 있었고, 효림도 그런 것 같았지만 굳이 확인하지는 않았다. 벨소리는 일 초 남짓 울리더니 끊어졌다. 충동적으로 전화를 했지만 몇 시인지를 화들짝 깨달은 것처럼. 그래서 내가 전화를 걸었고, 신호가 가자마자 효림이 받았다.

“무슨 일 있어?”

“아니.”

그래, 무슨 별일이 있겠어? 제발 좀 무슨 일이 있었음 좋겠다. 효림은 대학원을 휴학 중이었다. 그게 어느새 이 년 가까이 되어간다. 그 이 년 동안 효림은 꾸준히 취업을 시도했고 꾸준히 실패했다.

고등학교 때 친한 친구들 중에 4년제 대학에 간 친구는 효림뿐이었다. 내 날라리 친구들은 모두 4년제 대학에 가는 데 실패했다. 어차피 그 애들은 모두 대학 같은 데 가기 위해 기를 쓰고 노력하는 데는 처음부터 관심도 없는 아이들이었으니 실패란 말은 어울리지 않는다. 이미 불가능의 범위 안에 들었다면 깨끗이 포기하는 쪽이 차라리 나은지도 모른다. 하지만 그 포기 다음에는 무엇이 있을까.

대학원에 진학하면서 효림이 했던 말을 기억한다.

“나, 칼을 더 갈아야겠어.”

그랬던 효림이 대학원을 휴학했다. 효림은 대학원의 휴학계를 내고 나오던 날, ‘나는 앞으로 어떻게 하지’라는 생각도 나지 않을 만큼 막막했다고 했다. 그러나 학위를 들고 이 문을 나서는 것이 아무런 도움도 되지 않으리라는 사실은 명백해 보였다.

대학원을 휴학한 이후로 효림은 자신 없는 목소리로 내게 이렇게 말하기 시작했다.

"공부는 해서 뭐 하나, 돈을 벌어야 한다, 그랬었는데. 사실은 공부를 포기할 생각 따윈 처음부터 없었는지도 몰라. 어렵게 진학한 대학원을 휴학하겠다고 했을 때 모두가 의아해했지. 어떤 사람들에게는 일을 하고 싶다고 얘기했고, 어떤 사람들에게는 정규 학교를 한 번도 쉼 없이 달려왔으니 한 번쯤 아무 생각 없이 쉬어보고 싶어졌다고 얘기했고, 어떤 사람들에게는 공부가 뜻대로 잘되지 않는다고 얘기하기도 했어. 어느 것도 전적으로 사실은 아니었지만 조금씩은 진실이기도 했어."

효림은 유예기간이 아무런 도움도 되지 않았다고 했다. 세상이 나를 위해 좋은 방향으로 변할 수 있다고 생각했던 건 착각이었고, 지금도 자신이 여전히 고민하고 있고, 고민해야만 하는 문제는 자신만의 문제는 아니라고 했다. 하지만 다른 사람들이 나와 같은 고민을 한다는 건 아무런 위로도 안 된다고 했다.

기가 팍 죽은 효림은 나까지 맥 빠지게 했다. 백수는 기가 죽으면 그 순간부터 회복 불능의 상태로 들어간다. 세상은 우리 세대에 저렴하다 못해 원가도 되지 않는 평균 가격을 매겨놓았다. 그러고도 대부분이 팔리지 않는다. 세일해서도 팔리지 않는 상품이 다시 제 가격으로 돌아가는 건 불가능하다.

"같이 망하거나 죽는 게 무슨 위로가 되겠어?"

내가 말했다. 내가 늘 이기기만 하는 사람이라 생각했던 적도 있었다. 그래서 어쩌다 한 번 지는 것을 염려하진 않았다. 하지만 이제 그렇게 생각한 내가 웃긴다는 생각이 든다. 난 졌다. 아니, 질지도 모른다. 난 그렇다고 혜도 효림은 아니다. 효림은 내가 아는 여자 중에서 아니, 인간 중에서 가장 똑똑하고 성실하고 게다가 착하기까지 하다. 그런 효림이 패배한다면 세상이 잘못된 거다.

"가끔 견딜 수 없을 때가 있어. 왜인지도 잘 모르겠는데 너무 힘이 들어. 갑갑해. 갑갑해 죽겠어."

"그러다가 곧 괜찮아져."

백수 경력으로 보자면 훨씬 더 파란만장한 내가 말했다. 정말 그럴까? 괜찮아지긴 할 것이다. 하지만 그건 효림이나 내가 처한 상황이라는 게 나아져서가 아니다. 상황은 아마도 점점 더 나빠질 것이다. 서서히 자기 자신을 달래게 된다. 잘될 거야, 잘될 거야. 무기수가 넌 살아 나갈 수 있을 거야, 있을 거야, 하고 말하는 것과 비슷할까? 그런 것을, 겨우 그따위 것을 희망이라 여겨도 되는 걸까? 나는 내 진심을 효림에게 말하지 않았다. 그래, 다 틀렸어. 난 끝장난 거야. 나는 나에게 매일 그렇게 말하고 있으면서도 효림에게는 괜찮아질 거라고 말했던 것이다.

어쩌면 이건 그런대로 평탄했던 우리 삶에서 첫번째로 맞이하게 된 역경일지도 모른다. 어려운 상황을 불굴의 의지로 뚫고 나온 사람들에게는 이 정도가 아주 우스워 보일지도 모르지만 사람들은 저마다 다르다. 우리는 온대기후에서 갑자기 냉대기후로 옮겨진 식물처럼 적응이 되지 않고 있다. 이러다가 죽게 될지도 모른다고 나는 진심으로 생각했다.

퀴블러 로스의 '죽음의 5단계'라는 것이 있다. 1단계는 부정이다. 진단이 잘못되었다고 생각하고 다른 병원과 의사를 찾아다닌다. 그러면서 다른 사람의 일인 것처럼 이야기하거나 전혀 이야기를 하지 않거나 말이 나오면 말을 돌린다. '나는 아니다'라고 선언하고 '나만은 다르다'라고 생각한다. 2단계는 분노이다. 왜 하필 나냐고 자기 자신, 사랑하는 사람, 의사, 신을 원망하면서 수시로 화를 내고 불만을 얘기한다. 심지어는 주위의 건강한 사람을 질투하며 분노를 느낀다. 나의 마지막 애인도 어쩌면 이 단계에 속했을지도 모른다. 3단계는 타협이다. 불가피한 기정사실을 어떻게든 미루어보려고 시도한다. 기도를 하고 맹세를 하고 이것을 주면 저것을

주겠다고 약속을 하면서 절대자와 타협을 시도한다. 4단계
는 우울이다. 나아질 가망이 없다고 생각하고 더 이상 이 상
황을 부인할 수 없어질 때 극도의 상실감을 느끼며 우울증에
빠진다. 5단계는 수용이다. 자기의 운명을 두고 분노하거나
우울해하지 않는다. 다만 극도로 지치고 쇠약해지며, 일종의
감정의 공백기이다.

그 죽음을 수용하기까지의 단계가 우리의 상태를 설명하
는 데에도 최상이다. 그러니까 우리는 이십 대에 죽음을 맞
고 있다. 싸워서 전사하는 것도 아닌, 그저 운명처럼 찾아온
죽음이라는 병마를 수용하는 것밖에 할 수 있는 것이 없는,
그런 도저히 어쩔 수 없는 죽음.

*

효림을 처음 만난 건 중학교 때였다. 효림은 중학교 입학
시험에서 만점을 받은 아이로 이미 명성을 떨치고 있었으니,
내가 먼저 효림을 알았을 것이다. 효림이 나를 알게 된 건 언
제였을까.

중학교를 입학하고 처음 친 시험에서 효림은 일등을, 나는

이등을 했다. 돌이켜보면 그때가 나에게는 성적으로는 최상의 시절이었다. 아무튼 이등을 한 나는 일등을 한 효림을 우러러보지도 않았으며 이길 수 있는 만만한 상대나 반드시 이겨야 할 적으로도 여기지 않았다. 그저 저런 부류와는 친하기 어렵다는 게 내 생각이었다.

이상하게도 내 성적은 최악의 순간에도 중간 이하로는 내려가본 적이 없는데 친구들 대부분의 성적은 중간 이하였다. 쉽게 말해서 공부 못하는 아이들과 아주 친하게 지냈다. 공부를 못하는 것이 반드시 머리가 나쁜 것과 관계가 있거나 공부를 못한다고 다 놀기를 잘하는 것은 아니었지만 공부와 담쌓은 내 친구들은 아주 잘 놀았다.

지금 와서 생각해보면 인생의 즐거움을 알고 있었다고도 말할 수 있다. 그런 우리가 가끔 불행을 느끼는 순간은 점수와 등수를 매긴 성적표 때문이었다. 그리고 그 불행은 오로지 타인의 평가와 실망 때문이기도 했다. 놀이의 즐거움에는 왜 점수도 등수도 없는가. 그럼 우린 챔피언이었을 텐데.

내 성적은 늘 오르락내리락했지만 효림은 일등을 했던 그 첫 시험 이후에도 웬만하면 일등을 놓치지 않는 수재였고 모범생이었다. 내 주위에 그런 인간은 큰오빠를 제외한다면 효림밖에 없었다. 여러 가지 면에서 효림은 큰오빠랑 아주 비

숫한 부류, 그러니까 잘난 인간이었다. 다만 효림이 큰오빠랑 다른 건 겸손을 안다는 점이었다. 겸손을 아는 것만으로는 친구가 될 수는 없는 일이다. 게다가 잘나지도 않은 나는 겸손하지도 않았다. 그리고 효림이 가지고 있는 수많은 장점은 나에게 그리 매력적인 게 아니었다.

우리가 친해진 건 내가 병에 걸렸기 때문이었다. 첫 시험의 성적이 발표되고 얼마 후 나는 전염병에 걸렸고 학교에 가지 못했다. 그때 친하지도 않았던 효림이 병문안을 왔다. 엄마는 내가 걸린 병이 전염병이라면서 효림을 돌려보내려고 했다.

"저는 괜찮아요. 그 병에 걸린 적이 있어서 면역력이 있거든요."

효림이 말했다. 효림은 병문안을 와 수업을 필기한 노트를 나에게 보여주었다. 엄마는 그게 참 좋아 보였겠지만 나는 얘가 왜 이러나 싶었다. 후에 내가 효림에게 왜 그랬느냐고 물었을 때 효림은 그게 공정하다고 생각했기 때문이라고 했다. 일부러 자신의 시간을 내어 찾아와 자신의 노트를 보여주는 것이 공정한 것일까. 효림은 늘 그런 식으로 생각하는 사람이었다. 어느 정도는 자신을 희생하그, 자신이 잘하는 걸 나눠주는 것이 그녀의 방식이었다.

그렇게 한 달도 넘는 시간을 보내고 내가 학교로 돌아간 첫날의 점심시간이었다.

"난 없는 게 많은 아이야."

학교 운동장 스탠드에 앉아 효림이 말했다. 없는 게 많은 아이? 웃기고 있네, 하는 식으로 나는 그녀의 팔을 툭 쳤다. 농담이 아니라는 듯 그녀가 다시 말했다.

"진짜 난 없는 게 많아."

"뭐가 없는데?"

"아빠가 없어. 아주 어릴 때 돌아가셨어. 그래서 기억조차 없으니 처음부터 없는 것과 다름없지. 그건 그런대로 괜찮아, 모르니까. 그리고 엄마가 나를 버렸어. 아주 조금 기억이 있긴 하지만, 결말이 슬퍼서 슬픈 이야기가 되어버렸지."

나는 무슨 이야기를 해야 할지 몰라 우두커니 앉아만 있었다. 그때 나는 비극을 모르는 아이였다.

"엄마는 나를 버리고 재혼했어. 다른 여자가 낳은 아이들을 기르느라 죽을 고생을 하고 있지. 사실이 아닐지도 몰라. 엄마한테 유감이 아주 많은 할머니가 하는 말이니까."

"그리고 또 뭐가 없는데?"

부모가 없었으면 좋겠다고 생각하거나 내 부모가 가짜라고 상상하길 좋아했던 내가 물었다. 아무렇지도 않은 듯, 그게 뭐 어떠냐는 듯. 나는 내 목소리가, 내 질문이 어떤 무게도 가지고 있지 않기를 바랐다.

“친구.”

“친구가 없다고?”

나에게 공부 못하는 친구가 즐비했다면 효림에게는 공부 잘하는 친구가 즐비했다. 그런데 그녀는 친구가 없다고 했다. 나는 효림이 선택한 단어 ‘친구’는 나와는 의미가 좀 다를지도 모른다는 생각을 했다.

“나 지금 너랑 친구 하려고 이 이야기를 전부 다 하고 있는 거야.”

그러니까 효림의 ‘친구’는 비밀이 없는 것인가. 내가 비밀이 없는 것은 속에 무언가를 담아두지 못하는 성격 때문이라고 믿었다. 하지만 그날 효림의 이야기를 들으며 내가 비밀이 없는 것은, 운이 좋았기 때문에, 그것도 아주 좋았기 때문일지도 모른다는 생각이 들었다. 내가 그런 생각들을 하느라 침묵하자 효림이 말했다.

“미안해.”

“아니야, 고마워.”

“……”

“진짜 고마워. 나한테는 없는 게 딱 하나 있지, 우리 엄마

말에 따르면. 인정머리라고.”

“그게 뭔데?”

“누군가를 친밀하게 느끼는 마음 같은 거래. 난 이제 완벽해. 그 없는 딱 하나마저도 아주 없는 건 아니라는 걸 알았거든.”

“하하.”

“야, 왜?”

“하하하.”

효림은 그날 자꾸만 웃었다. 우리는 그날 이후 육 년을 같은 중학교와 고등학교를 다니며 아주 많은 이야기를 아무렇지 않게 나누었다. 비밀이 비밀이 아닌 것처럼. 그리고 그 육 년 동안 우리는 아주 운이 좋았는지 비밀 같은 비밀은 더 이상 생겨나지 않았다.

콜드게임

지금 이렇게 쓰면서
나는 이 모든 것을 이해하게 된다.
— 르 클레지오, 『아프리카인』 중에서

　　주말이라 집으로 온 작은오빠는 운동을 하고 있다. 쉴 새 없이 운동을 한다. 그래서 작은오빠는 꽤 좋은 몸을 가지고 있다. 솔직히 저렇게 열심히 운동을 하는 건 내가 보기엔 일종의 콤플렉스다. 작은오빠는 큰오빠보다 키가 5센티미터 정도 작다. 다 자란 어른이 되고 나서의 키는 물론 자라면서도 내내 작은오빠가 큰오빠보다 5센티미터 정도쯤 작았던 것 같다.

　　큰오빠는 아버지를 꽹장히 많이 닮았다. 생김새며 걸음걸이, 목소리나 말투까지. 큰오빠는 세상에서 가장 존경하는 사람이 아버지라고 말할 정도로 아버지를 닮고 싶어 했고,

아버지처럼 살고 싶어 했다. 하지만 작은오빠는 아니다. 작은오빠는 처음부터 아버지를 닮지도 않았고 아버지를 닮을 수도 없었다. 그렇게 될 수 없으면 그렇게 사는 게 틀린 거라고 생각하는 것도 꽤 괜찮은 선택이다.

그렇다면 생김새며 걸음걸이, 목소리까지 엄마를 빼닮은 나는? 어머니처럼 되는 게 가장 쉬울 테지만 내 선택은 오로지 하나다. 엄마처럼 살고 싶지는 않다. 그런데 이건 너무 광범위하다. 엄마처럼 사는 것, 그 한 점을 제외한 광활한 가능성이 있다는 얘기다.

엄마를 닮았으면서 엄마처럼 되고 싶지는 않은 나보다 아버지를 닮아서 아버지처럼 되고 싶은 큰오빠가 사는 게 쉬워야 하는 건 아닐까. 그런데 왜 큰오빠는 아버지처럼 살지 못할까? 엄마도 아버지도 닮지 않은, 아니, 둘 다를 닮은 작은오빠가 우리 집에서 제일 정상이고, 제일 제대로 사는 것처럼 보인다. 그런데 저러고 뭐든 열심히만 하면 잘 사는 것일까. 자기가 본래 가진 것에서 벗어나 다른 모습으로 살려고 하는 것이 정상일까.

이목구비가 뚜렷하고 큼직큼직한 아버지나 큰오빠와는 달리 작은오빠는 얼굴선이 부드럽고 흐린 편이다. 그래서 귀엽다는 소리를 자주 듣는다. 작은오빠는 그런 자신의 부드러운

이미지들을 싫어했다. 작은오빠는 약해 보이지 않으려고 태권도부터 시작해서 쿵후며 권투며 격투기 종류를 섭렵했고, 대학 때 이후로는 줄곧 웨이트트레이닝을 해왔다.

타고난 몸매 이상의 것을 바라본 적도 없고 그걸 위해 어떠한 노력도 한 적 없는 나는 저렇게까지 하는 작은오빠가 이상하다. 하지만 자랑스러운 것도 사실이다. 땀 흘리며 노력하는 것을 옆에서 줄곧 보아온 나로서는 보기 좋은 몸이 곧 작은오빠의 성실함을 말하는 것 같기 때문이다. 언제부터인가 작은오빠는 온몸으로 아주 성실한 인간이 되어 있었다.

"승아야, 이리 와서 앉아봐."

운동을 마친 작은오빠가 샤워를 하고 나오면서 말했다.

"왜?"

"이리 와서 앉아보라니까."

"도대체 왜 그래?"

나는 누가 내게 뭔가를 요구하면 단번에 하지 않고 언제나 이런 식으로 한 번 비튼다. 단번에 이유도 모르고 시키는 대로 하면 뭔가 손해 보는 느낌이다. 타인을 대하는 이런 방식이 절대로 나를 손해 보게 하지 않을 작은오빠한테까지 저절로 튀어나온다.

"냉장고에 맥주 있니?"

“있어.”

작은오빠는 냉장고로 가서는 맥주를 꺼내왔다.

“어쩌다가 들킨 거야?”

“뭐?”

“회사 그만둔 거 말이야.”

“어떻게 알았어? 그런데 그만둔 게 아니고 잘린 거야.”

“뭘 잘못했는데?”

“따지고 대들었거든.”

“엄마한테 전화 왔었어. 널 어쩌면 좋겠느냐고.”

“어쩌긴 뭘 어째? 하여튼 엄마는.”

“어쩌다가 들킨 거야?”

“몰라. 엄마는 안 지도 오래됐으면서 왜 이제 와서 작은오빠한테 그런대? 그런데 오빠는 꼭 알고 있던 사람 같은 투인데.”

“그래, 난 알고 있었어.”

“그런데 왜 나한테 아는 체 안 한 거야?”

“내가 아는 체하면 뭐가 달라지는데?”

“그래서 입 다물고 있었던 거야?”

“아무튼 지금 문제는 내가 알고 모르고가 아니잖아. 어쩔 거야?”

"뭐 어쩌긴 어째? 이렇게 그냥 버티는 거지. 아니면 또 취직하고, 또 때려치우고."

"엄마 계획은 그게 아닌 모양이던데. 집에 내려와 선을 보게 해서 결혼이라도 시켜야겠다고 하시던데."

작은오빠가 걱정스러운 얼굴로 그렇게 말했다.

"정말 내가 미친다니까. 그런데 아버지까지 아신 건 아니지?"

"너도 아버지가 무섭긴 무서운 거니?"

"그냥 아무 말 안 하고 가만 계시니까 대꾸할 것도 없고, 아무튼 곤란하잖아."

작은오빠는 냉장고에서 꺼내온 맥주 캔을 이제야 땄다. 경쾌한 소리가 났다.

"너도 마실래?"

"응."

작은오빠는 자기 손에 들려 있던 맥주 캔을 내게 넘겨주고는 다시 주방으로 갔다. 나는 작은오빠의 뒷모습을 바라보고 있었다. 오늘따라 작은오빠가 몹시 성실해 보였다.

"승아, 너 좋아하는 게 뭐니?"

"왜? 사주려고?"

"그런 거 말고, 좋아하는 일 같은 거."

“없어.”

“잘하는 건?”

“물론, 없지.”

일 분, 아니 일 초의 망설임도 없이 대답하는 나를 보면서 작은오빠는 도대체 뭔가 하는 표정이다. 나로서는 갑자기 이런 질문 하는 오빠가 도대체 뭔가 싶을 뿐이다. 같이 사는 사람이 이런 질문을 할 때는 ‘진짜’를 물어보는 것이다. 그러니까 내일, 아니 다음 순간 당장 스스로도 변할지 모른다고 생각하는, 변덕스러운 취향에 관한 질문은 아닐 거라는 뜻이다.

“그런 건 왜 물어봐?”

“그냥, 궁금해서.”

“이제 와서 그게 궁금해?”

“그러게나. 그런 생각 한 번도 안 해보고 살았는데 요즘 널 보고 있으면 그런 게 궁금해지네.”

“오빠는 내가 좋아하는 게 뭐 거 같아? 잘하는 건?”

“……”

“모르겠지? 왜냐하면 없거든.”

“음, 생각났어.”

“……”

“아무것도 안 하는 거.”

“정말 그런 거 같은데.”

작은오빠 말대로 내가 제일 좋아하고 잘하는 건 아무것도 안 하는 것인지도 모른다. 뭔가 하긴 하는데 그게 결국은 안 한 거나 같다. 그리고 내가 뭘 해도 사람들은 아무것도 안 했다고 생각한다.

사람들과 좋아하는 것에 대해 이야기한 지 오래되었다는 생각이 든다. 점점 더 칭찬에 인색해지고 있고, 진심으로 축하하거나 함께 기뻐해본 지 오래되었다. 대신 늘 싫어하는 것, 하기 싫은 것에 대해 말하면서 살고 있다.

작은오빠가 싫어하는 것, 하기 싫은 것에 대해 물었다면 나는 지금까지 그 이야기를 하고 있을 것이다. 밤새도록 할 수도 있다. 회사에 가기 싫다. 결혼하기 싫다. 독점적인 관계를 맺기 싫다. 다섯 명 이상 모이는 자리는 어디든 싫다. 걱정하는 척하면서 하는 잔소리가 싫다. 참견이 싫다. 가식이 싫다. 일 못하는 인간도, 못 노는 인간도 싫다. 좋은 척하기 싫다. 솔직하게 말하기 싫다. 거짓말하기도 싫다. 그리고…… 그렇다고 이 모든 것의 반대가 좋은 것도 아니다.

*

작은오빠와 나는 계속 맥주를 마셨다. 냉장고 한 칸을 차지하고 있던 맥주 캔은 빈 깡통이 되어 줄을 서고 있었다.

"승아야, 잘 생각해봐. 뭘 하고 싶은지. 어떻게 되고 싶은지."

마지막으로 남은 캔을 따면서 작은오빠가 말했다. 정말 이번이 마지막이라는 듯.

"난 훌륭한 사람이 될 거야."

"농담하지 말고."

"농담을 시작한 건 오빠가 먼저야. 되긴 뭐가 돼. 그냥 이렇게 사는 거지. 되고 싶은 거? 그런 거 없어."

좋아하는 것도 잘하는 것도 없는 사람이 되고 싶은 게 있겠는가? 그리고 되고 싶으면 될 수 있는가?

"정말이니?"

"정말이라니까."

"그럼 어릴 때 꿈은 뭐였니?"

태어날 때부터 나를 봐온 사람이 그렇게 묻는다. 이런 건 정말 이상한 거 아닌가. 오빠는 도대체 뭐가, 아니 왜 궁금한 것인가.

"장래 희망 같은 거?"

"그래."

내 장래 희망은 오랫동안 우주비행사였다. 그 전에 꿈이 뭐였는지 기억나지 않지만 철들고 나서부터는 쭉 장래 희망란에 우주비행사라고 적었다. 그러나 나는 우주비행사가 되려고 노력해본 적도 없을뿐더러 진짜 우주비행사가 되고 싶었던 적도 한 번도 없었고, 내가 우주비행사가 될 거라고는 꿈속에서조차 생각해보지 않았다. 그런데도 늘 내가 장래 희망란에 그렇게 적어온 것은 진짜 내가 뭐가 되고 싶은지 몰랐기 때문이었다. 우주비행사는 물론 현실적으로 존재하는 직업이었지만 그때는 우리나라에서 그걸 해냈다는 사람이 없었다. 나는 다른 아이들처럼 자신의 현실과 미래를 가늠해보면서 우왕좌왕하는 대신 실현 가능성이 희박한 장래 희망을 적음으로써 일찌감치 현실적인 나의 미래로부터 이탈해버렸다.

"그러는 오빠는?"

"나야 뭐……."

작은오빠가 약간 망설이다가 말했다.

"진짜 내 꿈이 뭐였는지 아니?

"……."

"진짜 꿈 말이야. 어릴 적에 아무것도 모르고 막 미치도록 하고 싶은 거 있잖아."

"대통령 아냐? 아니면 슈퍼맨? 배트맨?"

"대통령도 좋고 슈퍼히어로도 좋지. 하지간 그건 그냥 남들도 다 꾸는 꿈이지. 자질이나 능력에 관계없이. 내 꿈은 야구 선수가 되는 거였어."

어릴 때 작은오빠는 야구를 참 잘했다. 작은오빠가 투수와 4번 타자를 겸하던 우리 동네 팀은 천하무적이었다. 그래서 한동안 말썽꾸러기 작은오빠가 자랑스러웠던 적이 있었고, 큰오빠의 동생인 것보다 작은오빠의 동생으로서 내가 더 인정받는 분위기였던 때가 있었다.

"그런데 왜 야구 선수가 되려고 하질 않았어? 오빠, 야구 진짜 잘했었잖아."

"야구를 하면서는 말이야, 계속 형보다 한 수 아래일 것만 같았어."

"무슨 바보 같은 소리야."

"그래, 너라면 그런 식으로 말할 줄 알았어. 하지만 난 말이야……."

작은오빠가 무슨 말을 하는지 물론 안다. 모든 사람이 오랫동안 인정해온 그런 것이 있다. 학교 다닐 때는 공부 잘하는 애가 최고이고, 자본주의사회에서는 돈 잘 버는 사람이 최고이고, 그리고 우리 집에서는 큰오빠가 최고였다. 큰오빠가 잘하는 공부가 최고 가치였지, 작은오빠가 잘하는 야구 같은 건 아무 가치도 없고 아무도 관심조차 갖지 않았다.

"자꾸 실패하는 것도 그다지 나쁜 건 아니야. 부모님이 나에 대해 아무런 기대도 하지 않으니까. 제발 제대로 살아만 준다면 할 그 정도로. 만약에 형이라면, 형이 이러겠다고 했으면 아버진, 그리고 어머니는 어떡하셨을까. 그런 생각을 언제나 나도 모르게 하게 돼."

"그런 식으로 반대를 극복하는 방법도 있구나. 계속 실망시켜드려서 마침내는 제발 뭐라도 해라, 그렇게 만드는 거. 큰오빠한테 그 방법 좀 가르쳐주지 그랬어. 그랬으면 그렇게 갑자기 충격적인 선언 같은 건 안 했을 거 아냐."

"승아야, 넌 어때?"

"나? 정말 하고 싶은 것이 있는 사람에게나 반대가 있는 거지, 아무거나 괜찮은 사람에게는 그렇지도 않잖아."

"너더러 무슨 직장을 가질 것인지, 어디서 일할 건지, 그런 걸 생각해보라는 게 아니야. 네 인생에 대해, 그러니까 어떤 길을 택할 것인지 좀 진지하게 생각해보란 말이야. 난 지금 야구 선수가 되긴 너무 늦었잖아. 더 늦기 전에 이룰 수 있는 꿈이 혹시 있는지 찾아봐. 미치도록 하고 싶은 것이 아니더라도 '저러고 살면 정말 재밌겠어'라든지 '저런 건 정말 부러워' 그런 거 혹시 있는지."

작은오빠와 나의 대화는 그런 선에서 끝났다. 작은오빠가 부지런하고 성실한, 게다가 진지하기까지 한 개미처럼 느껴졌다. 한때는 작은오빠도 나처럼 베짱이였는데.

나는 더 늦으면 불가능해지는 꿈에 대해 생각했다. 서른 살이 넘어서는 야구를 시작해도 야구 선수가 될 수 없다. 그렇다고 야구를 할 수 없는 것은 아니다. 야구를 해서 돈을 벌 수 없을 뿐이다. 그리고 더 더 나이가 들면 야구를 하는 것조차 불가능해질까. 그다음에는 야구를 보면서 살면 되는 거 아닌가. 그러니까 문제는 여전히 먹고사는 문제를 해결하는 것인가.

스물일곱이나 되어서 내가 잘하는 건 뭘까를 고민해봐야 소용없는 짓이다. 그걸로 돈을 왕창 벌거나 어마어마하게 유명해진다면 모를까, 그게 이전에 내가 하던 일과 무슨 차이가 있을까. 잘하는 일을 한다고 꼭 즐거우라는 법도 없지 않은가. 그러니까 좋아하는 야구를 해서 먹고살 만큼 돈을 버는 사람은 야구를 할 줄 아는 사람 가운데 지극히 극소수에 지나질 않는다는 얘기이다.

희망하고 애쓰고 실패하고 절망하고 다시 도전하고, 그렇게 복잡해지는 게 싫어서 나는 노래를 부른다. 나는 개미랑은 거리가 먼 베짱이. 나는 비관적인 베짱이. 자존심이 있으니 겨울이 오면 개미집 문을 두드리지 않고 그냥 얼어 죽고 말 베짱이. 하지만 아직 겨울까지는 시간이 남아 있어. 그러니 아직까지 노래를 불러도 좋을 거야. 노래를 불러도 괜찮을 거야. 그럴 거야.

나는 여전히 노래를 부르고 춤을 추고 이야기를 한다. 그러면서 노는 것도 놀지 않는 것도 아닌 채로 시간만 보내고 있을 뿐이다.

*

근래 들어 어떤 날보다 일찍 일어났다. 하지만 할 일은 없다. 지난 주말 작은오빠가 대청소를 해놓고 장까지 봐놓은 덕분에 할 일이 더 줄었다. 사람들은 오빠와 산다고 하면 집안일은 대개 내가 할 거라고 생각하지만 우린 그렇지 않다. 작은오빠는 아무리 사소한 것도 시키는 법이 없다. 뭐 가져와, 이거 해, 저거 해, 그런 말, 절대로 안 한다. 시킨다고 할

나도 아니지만.

휴대폰 벨소리가 들린다. 창에는 모르는 번호가 떠 있다. 택배 기사일지도 모른다. 생각났다. 내가 좋아하고 잘하는 거. 쇼핑이다. 그러니까 돈 버는 거 말고 돈 쓰는 거. 이를테면 일하는 거 말고 노는 거. 아직도 나는 작은오빠의 생뚱맞은 질문을 생각한다. 그 질문에 대한 대답은 이런 것이 아니다. 이 대답은 나를 한 번 만난 사람도 할 수 있는 거고, 내가 생각할 때 모든 인간의 자연스러운 본성이다.

"여보세요."

나는 휴대폰의 통화 버튼을 누르고 말했다.

"저, 안녕하셨어요."

"……."

택배 기사가 아닌가? 그럼 누구지?

"저, 혹시 기억나십니까? 저 진우 친굽니다."

"진우요? 전화 잘못 거셨습니다."

"윤승아 씨 아닙니까?"

"네, 맞는데요."

"저, 전날 뵌 적이 있는데요……."

남자는 자신이 나를 보게 된 경위를 차분한 목소리로 설명했다. 그제야 내 머릿속을 스치는 사람이 있었다. 아, 싸움 말리던 그 사람.

"성우 친구분이세요?"

"성우라면?"

"유성우 친구 아니세요?"

남자는 어쩌면 성우의 친구가 아닐지도 모른다. 거기에 있던 성우의 친구의 친구였는지도. 그러니 남자는 거기에 있던 자신과 가장 가까운 사람의 이름을 댔던 것이겠지. 그런데 내 기억에는 진우라는 사람은 없었다.

"저어, 괜찮으십니까?"

남자가 물었다.

"뭐가요?"

"저, 그러니까……."

"아, 그거요. 괜찮아요. 그런데 무슨 일이시죠?"

"진우, 아니 성우 일 때문에 죄송하기도 하고……."

"아무튼 전 괜찮거든요. 뭐, 또 할 말 있으세요?"

그날의 일은 다시 생각하고 싶지 않았고 다시 생각할 이유도 없었다. 그날처럼 심하게 싸운 것은 어쩌다 한 번이지만 성우와 내가 시끄러운 건 어제오늘 일이 아니었다. 그리고 나는 잘 알지도 못하는 사람과 오래 통화하고 싶지 않았다.

"하여튼 그날 죄송했습니다."

"뭐, 그쪽이 저한테 죄송할 거까지야 있나요."

"그래도……."

"정 그렇게 죄송하시면 혹시 성우 만나실 일 있으세요?"

"예, 오늘 만날 겁니다."

"잘됐군요. 그러면 저 대신 그 잘난 면상이나 한 대 갈겨 주시죠."

그러고는 나는 전화를 끊었다. 성우의 친구인지, 친구의 친구인지, 그날 뒤늦게 나타나서 뭐라 뭐라 자기소개를 하긴 했었는데 이름도 성도 아무것도 기억나지 않는다. 굉장히 신사인 척하는데, 도대체 왜 전화한 거야. 자기가 무슨 성우의 대변인인가, 해결사인가. 나는 그 남자가 처음에 말한 이름, 진우가 누구인지 조금 궁금해하다가 그만두었다.

*

일기를 쓴다. 일기라도 쓰지 않으면 하루가 어떻게 사라지는지 알 수가 없다. 어제 만났던 사람을 오늘도 만나고, 오늘 만난 사람과 내일도 만나 같은 이야기를 하면서 같은 짓을 할 것이다. 그리고 나는 어제도 오늘도 내일도 같은 생각을 하면서 살고 있을 것이다. 아무 생각 없이. 아무 생각 없이 살다가 문득 거울 속에서 유령 같은 내 얼굴을 보게 될까 봐 두렵다. 사실은 그래도 상관없다고 여기는 내가 무섭다.

언제 행복하냐고 물을 때 나는 혼자 있을 때라고 망설임 없이 대답하는 사람이었다. 그러면서 늘 사람들에게 둘러싸여 있었다. 그래서 사람들은 내 대답을 지독한 농담이나 시니컬한 성격으로 받아들였다. 하지만 사실이었다. 나는 어서 빨리 혼자가 되고 싶었다. 그리고 사실은 사람들 가운데 있어도 나는 늘 혼자였다.

며칠째, 몇 달째, 몇 년째

콩코르드 역, 비, 피와 칼은
이제 다른 시대에 속해 있었고,
이제는 잘 기억나지 않는
다른 어떤 여자에게 속해 있었다.
— 엠마뉴엘 베른하임, 『적나이프』 중에서

*

걸려오는 전화 모두를 대충 거절하며 지냈다. 바쁘다는 핑계는 어차피 통하지도 않을 테고, 감기부터 몸살, 두통, 생리통에 술병까지 아프다는 핑계를 계속 대었더니 진짜 아픈 것도 같았다. 사람들은 내가 골골한다고 생각한다. 그래서 어디 아픈 데 있는 거 아니냐는 질문을 자주 받는다. 사실, 나는 아픈 데는커녕 병원 근처에 갈 필요도 없을 만큼 지나치게 건강하다. 내가 아픈 데가 있다면 그건 몸이 아니라 정신 쪽일 것이다. 이 턱없는 자만이나 극도의 무기력은 신종 정신 질환이 아닐까.

내가 좀 제정신이 아닌 것처럼 살고 있는 것은 사실이다.

하지만 그게 어떻고 나더러 뭘 어쩌란 말인가. 정신 똑바로 차리고 순간순간 최선을 다하고 하루하루 성실히 살아가면 뭐가 달라진다는 말인가. 다 똑같다. 이루고 싶은 목표가 없는 인생은, 그저 하루하루 연명하며 뭔지도 모를 끝까지 가보는 인생은, 똑같다. 제정신으로는 더 버티기 힘들고 성실했다가는 더 피곤할 뿐이다.

노는데 아픈 사람 하나 있으면 신경 쓰이니까, 그리고 내 더러운 성질머리 괜히 잘못 건드릴까 봐, 아무도 무리해서 나를 불러내지 않았다. 그런데 역시 우리 엄마만은 끈질기다. 거의 매일같이 고향으로 내려왔다 가라고 엄마가 전화를 한다. 아프다고 해도 바쁘다고 해도 믿지를 않는다. 아니, 아파도 바빠도 무조건 일단 내려오란다.

몇 개월 동안 고향 집에 가 있었던 적이 있었다. 내가 첫 직장을 때려치우고 빈둥거리는 기간이 길어질 기미가 보일 때 아버지가 퇴역한 후부터 줄곧 다니던 회사를 나왔다. 어머니는 한 번도 쉬어본 적 없는 아버지의 갑작스러운 실직이 청천벽력처럼 생각되었는지 더 이상 나에게 생활비를 올려 보낼 수 없다고 통보하고 직접 올라와서 내 집을 빼고 말았다. 그래서 나는 대학에 입학하면서 떠났던 고향 집으로 다시 돌아올 수밖에 없었다.

내가 떠나 있던 동안 2층 단독주택이었던 우리 집은 6층짜리 빌라 건물이 되었다. 우리 세 남매가 고향 집에 남긴 물건들은 네 개의 방 가운데 하나에 두서없이 들어가 있었다. 내 방이 사라졌다. 내 짐은 누굴 위해 꾸민 건지 알 수 없는 손님방과 옛날 짐이 있는 창고 방에 나누어 들어갔다. 아버지 서재에서 잘 수는 없으니 나는 손님방에서 지내기로 했다. 정말 손님이라도 된 것처럼 어색하고 불안했다. 어떻게 하면 여길 떠날 수 있을까, 어떻게 하면. 그렇게 줄곧 떠날 궁리만 하며 지냈다.

작은오빠가 서울에 새집을 구할 때가 되었고, 그 기회를 틈타 나는 다시 일을 한다는 핑계로 작은오빠와 살기로 했다. 하지만 나는 회사를 다섯 달 다니고 또 그만두었다. 세 달은 참을 만했고 네 달째는 억지로 견뎌냈고 다섯 달째는 마침내 미칠 지경이 되고 말았다. 무엇보다 참을 수 없었던 건 그렇게 또 몇 달을 죽을힘을 다해 버틴다고 해도 그 자리가 영원히 내 자리가 되지는 않는다는 사실이었다.

아버지는 아직 내가 회사를 또 그만둔 것을 모르시는 것이 틀림없다. 알게 되면 당장 올라오셔서 나를 끌고 내려가실 것이다. 아니, 점잖게 앉아서 어머니를 안절부절못하게 닦달

하실지도 모른다. 아무튼 좋다. 어머니는 아버지를 속일 수 있는 사람이 아니다. 그러므로 조만간 나는 고향 집으로 내려가야 할 것이다. 그리고 엄마의 계획대로 선이라는 명목으로 예전보다 더 수준 낮은 인간들과 얼굴을 마주 대하다가 결국 포기하고 그들 중의 하나와 결혼을 하고 적당히 행복해질지도 모른다. 그랬으면 좋겠지만. 결혼? 그건 물론 엄마의 계획일 뿐이다.

결혼이라는 건 언제든 내 편이 되어줄 단 한 사람을 영원히 가진다는 의미이다. 내가 옳고 그르건 간에 그는 타인을 향해서는 언제든 내 편이어야 한다. 하지만 아직 내겐 그런 무지막지한 동반자는 필요 없고, 누구에게도 그런 식의 파트너가 되고 싶지 않다. 아직도 나는 언제든 내 편이 되도록 누구든 설득할 수 있다고 생각한다.

결혼은 사랑이라는 감정적 차원의 파트너를 구하는 일이 아니다. 결혼은 보다 고차원적인 비즈니스이다. 그러므로 그도 내게 정당한 무언가를 요구할 것이다. 하다못해 가정부로라도 부려먹으려 할 것이다. 다른 부부는 참고로 할 필요조차 없다. 우리 아버지와 엄마의 관계가 그랬다. 엄마는 아버지 앞에서 고양이 앞에 쥐처럼 벌벌 기며 눈치를 슬슬 살폈다. 행여 그 관계가 파투 나면 엄마 인생은 끝장이 나버리는 것처럼. 엄마는 해고당할까 봐 이 눈치 저 눈치 살피는 별 재주 없는 있으나 마나 한 직원 같았다.

하지만 그래도 함부로 쫓아내지는 못할 부당해고 금지 조항 같은 것이 있다. 줄줄이 딸린 자식들이었다. 아버지는 왕 같았고 엄마는 하녀 같아서, 우리는 가끔 왕의 자식과 하녀의 자식 사이에서 우왕좌왕했다. 나는 하녀인 엄마가 왕인 아버지에게 복수를 하는 상상을 하곤 한다. 신문에 기사화되는 여자들처럼 은퇴하여 아예 퇴물이 되어버린 남편에게 이혼으로 인한 자유와 그동안의 보상으로서의 위자료를 요구하는 것이다. 그러나 우리 엄마, 아직도 아버지를 하늘처럼 모시고 있다.

절대로 쉽게 나 자신을 포기할 생각이 없다. 나는 엄마처럼 그렇게 너그러운 인간이 아니다. 뭐 하나라도 손해를 보면 참지 못하는 성미이다. 그리고 꼭 내 일이 아니더라도 공평하지 못한 일은 꼭 따져야 한다. 한때 거룩했던 우리 아버지의 성공은 엄마의 무지막지한 희생과 인내가 있었기에 가능했지만 누구 하나, 게다가 아버지조차도 그 점에 대해 감사하고 있질 않다.

결혼을 하고 한 남자에게 얹혀살게 되면 그건 아버지에게 얹혀사는 거랑 뭐가 다른가. 사랑? 그런 건 없다. 있어도 영원한 건 아니다. 내가 어찌해도 유전자로 묶인 아버지는 아버지이지만 남편은 아니다. 언제고 전남편이 될 수 있다.

만약, 가정이나 세상 중 어떤 것을 위해 일할지 한 가지를 택하라면 난 세상을 위하는 일을 택하겠다. 왜냐하면 어머니보다는 아버지가 당당하고 좋아 보이니까. 그리고 인생의 손익계산서를 따져보자면 적어도 아버지는 가이너스는 아니다. 지금까지 아버지에게 남아 있는 것이 무엇인지는 알 수 없지만 적어도 젊은 시절 아버지에게는 계급의 상승이나 회사의 성장과 같은 눈에 보이는 성취감이 있었을 것이다.

다음 주 목요일까지 비가 온다고 한다. 그러므로 나는 고향에 갈 수가 없다. 비를 맞으며 그렇게 멀리 갈 수는 없으니까. 금요일에 내려가서 일요일에 돌아오는 일정을 생각하고 있다. 아예 여름이 되어 내려가는 것도 괜찮을 것이다.

아무튼 머지않아 고향으로 내려가야 한다. 엄마의 호출이 너무 잦아지고 있다. 더 버티다가는 엄마가 쳐들어올지도 모른다. 적당한 때 화해의 깃발을 흔들어줘야 한다. 어쨌건 아직도 여전히 그들보다 내가 약자니까.

한때는 부모가 세상의 전부였다. 부모의 인정만 받으면 다른 것은 필요 없었다. 큰오빠 때문에 부모님은 자신들이 세상에서 최고인 것처럼 느끼기도 했을 것이다. 그렇게 어느새 사태가 역전된다. 부모에게 자식이 세상의 전부가 되는 것이다. 자식의 성공이나 출세가 부모 인생의 가장 큰 보람인데 나처럼 이 모양이면 부모는 인생을 헛산 것처럼 느낄 수도 있다.

사람들은 나에게 그 얼굴로 그 머리로 그 재능으로 어디 가서 뭘 하고 못 살겠느냐고 말한다. 하지만 나는 어디 가서 무얼 하면 좋을지 모르겠다. 적어도 분명한 것은 지금껏 내게 주어졌던 일은 모욕을 견뎌야 하는 일이며, 모욕을 견뎌내도 결국 내게 남은 건 아무것도 없는 그런 일이었다는 것이다. 내가 아는 것은 다시는 그런 일을 하기 위해 나를 미화시키는 이력서를 수십 장 쓰고 다른 자리에서 만났으면 거들떠도 보지 않았을 인간들에게 잘 보이려고 방긋방긋 웃으며 거짓말하는 짓은 하고 싶지 않다는 것이다.

세상의 '중심은 나'라는 말이 유행한 적이 있다. 아직도 그 말을 무슨 신조처럼 여기는 철없는 애들이 있을지도 모르겠다. 하지만 이제 나는 안다. 세상의 중심이 되기엔 처음부터 내 위치가 너무나 불리했다는 것을. 그리고 내가 세상의 중심이 될 수 있는지 없는지조차 따져보지 않고 자기들 마음대로 내게서 그 기회를 거두어가버린 자들을 증오한다. 그래서 나는 세상을 위해서 아무 도움도 안 되는 인간이 되기로 했다. 그냥 있는 걸 마구 소모하며 이다지도 허무하게 살다가 갈 것이다.

*

며칠째 비가 오고 있다.

*

효림에게 전화를 걸었다.

"거기도 비 와?"

내가 물었다.

"지금? 모르겠어. 저녁때는 비가 왔는데."

날씨를 묻기 위해 전화한 사람처럼 언제 비가 얼마만큼 왔느냐, 내일도 비가 올 거 같으냐, 비가 언제쯤 그칠까, 하는 얘기를 하다가 나는 전화를 끊었다.

새벽 두 시였다.

마지막으로 만났을 때 효림은 손에 하얀 붕대를 감고 있었다.

"뭐야? 칼 갈다가 삐끗했니?"

나는 웃으며 얘기했다.

"음식 하다가 그랬어."

"음식이라니?"

"할머니 건강이 좋지 않으셔."

고등학교를 졸업하고 효림은 할아버지, 할머니와 살기 위해 고향에 남았다. 대학을 졸업하고, 대학원을 휴학한 지금은 더더욱 그곳을 떠날 수 없다. 할아버지, 할머니는 늙어가고 있으며 그들에게는 효림밖에 없다.

"할머니, 할아버지한테는 나밖에 없는데 말이야, 그분들을 부양하는 건 내가 아니야. 여전히 그분들이 나를 부양하고 있어. 믿어지니? 어쩌면 그럴 수 있는 날이 얼마 남지 않았을지도 모르는데."

효림이 대학원을 그만두고 취직하기로 한 것이 조부모님 때문일 거라고 나는 짐작한다. 그것이 경제적 이유이든, 정신적 이유이든, 남아 있는 시간이든. 남아도는 것이 시간뿐인 우리는 이상하게도 시간에 쫓기고 있다.

"내 마음이 내 몸을 상처 내는 걸로 시위하고 있나 봐."

효림이 말했다. 시위하고 있다. 그 말의 의미를 나도 모르지 않았다. 하지만 내가 효림에게 기대한 건 그런 게 아니었다. 칼을 더 갈아야겠어, 하고 용감하게 말하는 효림을 나는 기대했다.

효림은 언제나 그런 식으로 말하곤 했다. 칼을 간다. 이제 효림은 세상뿐 아니라 자기 자신을 향해서도 칼을 갈고 있는지도 모른다. 그 칼로 얼마나 자신을 상처 입힐지 나는 더 이상 알고 싶지 않다. 왜냐하면 이미 충분히 알고 있었으므로.

*

빗소리가 들린다.

물이 잔뜩 불은 운동장에서 비를 맞으며 교복을 입고 춤을 추듯 뛰어다닌 적이 있었다. 비를 너두 맞아서 입술이 새파래져서도 우리는 계속 비를 맞으며 날뛰었다. 한편으로는 이러고 집에 들어가면 엄마가 뭐라고 잔소리를 할까. 아니, 지나는 사람들이 얼마나 이상하게 날 쳐다볼까. 그리고 이러다

감기에 걸리고 운 나쁘게 폐렴이라도 걸려서 죽으면 어떡하나, 또 그런 걱정도 했다. 하지만 우리는 누군가 시작한 그 일을 멈출 수가 없었다. 비에 젖은 서로의 얼굴을 바라보면서 깔깔거리고 웃었다. 그때 세상에는 우리밖에 없었다.

지금도 바깥에는 비가 오고 있을 것이다.

이렇게 비가 한차례 내리고 나면 꽃들이 마구 필 것이다. 그리고 또 비가 한차례 내리고 나면 그 꽃들이 모두 질 것이다. 내년이면 다시 꽃이 피겠지만 스물일곱 살 봄은 한 번뿐이다. 인생의 봄들이 제대로 꽃도 피우지 못한 채 빗속에서 마구 지나가고 있는 기분이다. 그런데도 서둘러야겠다는 생각이 조금도 들지 않는 걸 보면 나는 정말 미친 게 틀림없다.

*

성우를 만나는 게 아니었다. 아예 느와르 근처에는 얼씬도 하지 말았어야 했는데. 내가 뭘 잘못했다고 피해, 하면서 갔다가 결국 또 이 지경이 되고 말았다. 성우가 내게 또 싸움을 걸었다.

"윤승아, 너 뭘 믿고 그렇게 까부는 거니?"

"날 믿고 까분다. 왜? 믿을 거라고는 나밖에 없어."

그렇게 나는 기세 좋게 대꾸는 했지만, 속으로는 믿을 게 나밖에 없다고? 이제는 별 이상한 거짓말까지 다 하는군, 하고 생각했다. 이 나이에 놀고 있어도 내 생존을 위협받지 않는 건 부모님과 작은오빠 덕분이다. 가족 없이는 경제적으로는 물론 심리적으로도 한참은 더 비참한 꼴을 하고 있을 거면서 믿을 게 나밖에 없다고. 참 뻔뻔스럽기도 하구나.

"이런 책은 왜 읽니?"

이번에는 내가 읽고 있던 책이다. 성우는 내가 하는 게 다 제 마음에 들지 않는 모양이다. 며칠 전에는 내 얼굴에 시비를 걸더니 이제는 성격에, 책까지. 마음에 들지 않아도 웬만하면 참아주는 게 예의다. 싫은 걸 일일이 지적하면서 살다가는 왕따당하기 십상이다. 하지만 우리가 자주 싸우는 건 웬만하면 참아주는 걸 참아주질 않기 때문이다.

게다가 소설책에 관한 비난은 익숙해서 더 신경에 거슬린다. 나는 어릴 때부터 소설책을 많이 읽었다. 책벌레인 큰오빠에게 지지 않으려고 더 많이 읽었다. 공부벌레였던 큰오빠는 상급 학교로 진학할수록 소설책과는 멀어졌지만 나는 더 가까워졌다. 수학이나 영어는 뒤로하고 소설책을 읽고 있던 나에게 큰오빠는 말했었다. 한눈팔지 말라고. 그럴수록 나는 더욱더 한눈을 팔았다. 한눈팔지 않고 살아왔다면 나는 지금쯤 어디에 있을까.

"이게 뭐 어때서? 굉장히 재미있어."

"그래, 물론 재미있겠지."

성우는 내 취향을 무시하듯 말했다. 그냥 넘어갈 수가 없어 내가 물었다.

"너, 이거 읽었니?"

"아니."

"읽으려고 해보긴 했어?"

"나보다 똑똑한 작자들이 읽고 쓴 걸 봤지."

"똑똑한 작자가 읽고 나쁘면 나도 나빠야 해? 나쁜 척이라도 해야 똑똑해 보여? 똑같은 걸 읽고 똑같이 느끼라는 법이 어딨어?"

"역시 윤승아, 넌 너무 잘났어."

"이걸 읽으면 새 친구를 사귀는 기분이야. 이 소설 속의 인물이 이 세상에 진짜 있는 사람이 아니라는 게 유감이야. 같이 술이라도 한잔하면서 할 말이 많거든."

"야, 너 그렇게 놀지만 말고 책이나 한 권 써라."

"웃기지 마."

"네가 입으로 떠드는 거 십 분의 일만 써도 꽤 흥미로울 거야. 적어도 이십칠 년을 살아온 특이한 친구 하나를 새로 사귀는 기분일 거잖아. 좋잖아."

"내가 하라면 못 할 줄 알아."

"그렇게 맞받아치려고만 하지 말고 들을 만한 얘길 하면 마음에 한 십 분이라도 좀 담아줄래."

"제발, 너나 그래."

"그래, 관두자. 관둬."

들을 만한 얘길 하면 마음에 십 분이라도 담아보라고?

책을 써? 내가?

나는 쓸데없는 일은 하지도 말고 불가능한 희망은 갖지도 말고, 그렇게 살라고 배워왔다. 그러나 나는 늘 쓸데없는 일에 불가능한 희망에 한눈을 팔고 있었다. 영어 단어 외워야 할 시간에 텔레비전에서 눈을 떼지 않았고, 수학 문제 풀어야 하는 시간에 라디오를 들었고, 남들 국어 문제집 풀 때 잡지 뒤적거리고 있었다. 남들 영어회화 들을 때 노래만 실컷 들었다. 대학 때도 전공 공부는 안 하고 사람만 잔뜩 만났다.

그래서 사 년 내내 도서관 자리 한번 내 힘으로 잡아본 적 없고 그 많은 도서관 책 한 권도 빌려보지 못한 내가 제때 졸업하는 것도 기적이라고 했다.

내 삶의 길은 언제나 직선주로가 아니라 곡선주로였다. '열심히 성실히 집중해서'는 나랑 상관없는 세계였다. 나는 산만하고 삼십 분을 가만히 앉아 있질 못했다. 오래 한 가지 일을 하게 되면 미리 한숨부터 나왔다. 한 사람을 사랑할 때보다 여러 사람 가운데 선택해야 할 때 더 깊이 사랑에 빠졌다.

그런 내가 그나마 집중해서 하는 것은 책 읽기였다. 집중하지 않으면 책은 읽어지지가 않으니까. 멍청하게 앉아만 있으면 한 시간이 지나도 하루가 지나도 책장은 넘어가지 않는다. 인생이 책 읽기와 같다면 지금 나는 계속해서 같은 페이지에 머물러 있는 게 아닐까.

유성우, 이제 십 분이 지난 것 같으니까,
이 이야기를 내 마음에서 비워도 되겠지.

*

　나의 방, 벽에는 그림이 한 장 붙어 있다. 새파란 하늘, 새파란 바다를 배경으로 머리칼을 허리까지 길게 기른 여자가 여행 가방을 들고 걸어가고 있다. 여자는 맨발로 하얀 모래사장을 언제까지고 걸어갈 것처럼 보인다. 여자의 얼굴은 긴 머리칼에 가려 잘 보이지 않는다.

　아직도 나는 나에 대해 확신할 수 없고 나를 믿을 수도 없고 그래서 움직일 수가 없다. 사실은 누군가 나를 끌어내주길 바라고 있는지도 모른다. 거기서 나와, 넌 나올 수 있어. 그 말만으로는 부족해서, 누가 내 손을 잡아 여길 벗어나게 해줬으면 좋겠다. 하지만 어쩌면 그런 건 없는지도 모른다. 그러니까 내가 물리치고 내가 버리고 내가 떠나야 하는 것이다.

　나는 매일 그림을 바라보다가 잠이 든다. 눈을 뜨면 그림 속의 여자가 바닷가를 떠나고 발자국만 남아 있다. ……그럴 지도 모른다.

아브라카다브라

지금이 당신의 마지막 기회다.
파란 알약을 선택했다면 계속 읽으라.
빨간 알약을 선택했다면 매트릭스로 돌아가라.
― 주노 디아스, 『오스카 와오의 짧고 놀라운 삶』 중에서

*

　머리카락을 오렌지색으로 물들였다. 아니, 파란색으로 물들였다가, 초록색으로, 그리고 다시 빨간색으로 물들였다. 나는 영화 〈이터널 선샤인〉의 클레멘타인처럼 보인다. 머리색깔을 바꾸고 물건을 버리고 기억을 지우고 새로 시작하는 건 어떨까. 하지만 영화 속에서는 모두 실패하던데, 인간은 결국 어쩔 수 없는 건가.

　하지만 난 지우고 싶은 과거가 없다. 차라리 누가 내 미래를 지워주면 좋겠다.

　일어나 보니 시계가 열한 시를 가리키고 있다. 창이 작은 이 방에선 낮인지 밤인지 구별할 수가 없다. 내 머리칼은 여전히 치렁치렁한 검은색이다. 꿈이었구나. 정말.

집에 돌아오면 언제나 이따위 꿈을 꾸게 된다. 어떤 날에
는 오토바이 폭주족이 되기도 하고, 어떤 날에는 총을 마구
쏘아대는 갱이 되기도 하고, 어떤 날에는 스트립 댄서가 되
기도 한다. 고향 집으로만 돌아오면 나는 내 아닌 다른 것이
되고 싶어진다.

*

"승아, 너 지금 일어나니? 해도 너무한다."

나는 엄마의 말을 중간에서 자르며 큰방을 흘깃거리며 묻
는다.

"아버진?"

"시계 좀 봐라. 지금이 몇 신데 네 아버지가 집에 있을 양
반이니. 나가셨다."

"어디로?"

"그걸 네가 알겠니. 내가 알겠니."

처음 직장을 그만두고 내가 고향 집에 내려와 있었을 때
아버지는 퇴직을 하고 삼 개월째에 접어들고 계셨다. 나는

집에서 하루 종일 아버지 얼굴을 마주하고 있게 되면 어쩌나, 지레 걱정했고 취업 준비를 합네, 하며 외국어 학원에 등록해서 매일 집을 나갔다. 아침잠이 많은 내가 이른 아침반을 끊었을 리 만무했다. 겨우 서둘러 열한 시에 시작하는 영어회화반을 끊었는데 그 시간에 학원을 다니는, 미래를 준비하는 사람들이 그렇게 많을 줄은 몰랐다.

내가 취업을 핑계로 비싼 학원비까지 내면서 놀고 있는 동안에도 아버지는 결코 빈둥거리지 않으셨다. 나보다도 일찍 매일 아침 어디론가 나가셨다. 나는 아버지가 어디에서 시간을 보내는지 궁금했다. 나처럼 학원이라도 다니시는 걸까. 아버지도 어딘가에서 나처럼 처지가 비슷한 사람들을 만나고 있었던 건지도 모른다. 아니면 아무도 만나고 싶지 않았던가.

다행히도 아버지는 그때나 지금이나 여전하신 모양이다. 덕분에 나는 눈치 덜 보고 빈둥거릴 수 있게 된 것인가.

"밥 안 먹을 거니?"

부엌에서 엄마가 큰 소리로 물었다.

"생각 없어."

"그러니까 그렇게 빼빼 마르지. 생전 밥풀 구경이라곤 못한 것 같은 꼴을 해가지고. 네가 무슨 영화를 보려고 그러고

있니? 이번에 그냥 집으로 내려와서 슬슬 결혼할 준비나 해
라. 네 아버지랑 둘이서 얼굴 마주 보고 사는 것도 하루 이틀
이지 이젠 나도 지겹다.”

엄마의 잔소리를 피해 나는 얼른 욕실로 피신한다. 티 하
나 없이 깨끗하게 닦인 반들반들한 거울을 본다. 손으로 얼
굴을 쓸어본다. 피부에는 윤기가 없다. 확실한 건성 피부. 여
자 나이 스물다섯부터 피부 노화가 시작된다고 했던가. 내
청춘은 한 번도 제대로 피지 못한 채 시들어가고 있다.

내가 욕실에서 나오자마자 엄마는 기다렸다는 듯이 말한다.

“내일 뭐 할 거니? 나하고 시장이나 가자.”

“시장은 왜?”

“증조할머니 제사가 다 되어가니까 슬슬 준비해야지.”

제사가 얼마나 많은지 모르겠다. 엄마는 음력으로 된 그
날짜들을 하나도 빠지지 않고 꼬박꼬박 외우고 미리미리 준
비한다. 우리 집 제사상은 조선 시대를 방불케 할 정도로 호
화찬란하다. 하지만 엄마는 그런 제사상은 결코 받아보지 못
할 것이다.

“안 돼. 약속 있어.”

“누구랑?”

“친구.”

“친구 누구?”

“있어.”

“네 친구들은 대충 다 시집가고 없잖아? 지난봄에 지영이도 가고, 나리도 가고, 영희도 가고. 아직 남은 애가 있니?”

“엄마는 우리 나이가 지금 몇 살인데 시집을 다 갔겠어? 그리고 시집가면 친구도 아니야?”

“네가 아직 결혼을 안 해서 모르는 모양인데 결혼하면 너 같은 애랑 노닥거릴 틈이 없어. 너는 네 나이가 적은 줄 아는 모양인데 방심하고 있으면 서른이 바로 코앞일 거다. 마음 턱 놓고 있을 시간 없다니까. 서른이 다 된 애가 모아둔 돈도 한 푼 없고 변변한 남자도 하나 없고 너도 참 헛살았다.”

돈으로 환원될 수 없는 존재는 가치를 인정받을 수 없다. 그게 현실이다. 내가 아무리 내가 잘났다고 우겨도 돈 한 푼 벌 수 없다면 나는 아무것도 아닌 거다. 그런 거다. 현실이란, 세상이란, 때로는 가족도 그런 거다.

“그러는 엄마는?”

“나야 돈 많지. 네 아버지 돈이 다 내 돈 아니냐.”

정말 그럴까. 아버지 돈이 다 자기 돈이라면서 자신을 위한 옷 한 벌도 제대로 못 사 입으면서. 다른 사람들 한 달 월급이면 살 수 있는 냉장고 하나 사면서도 일일이 아버지 결재를 받으면서.

"하긴 이혼하면 반은 엄마 거지."

"무슨 그런 험한 소리를 하고 그러니."

엄마가 가끔 저럴 때마다 제 밥그릇도 못 챙기는 것 같아 화가 날 지경이다. 외할아버지가 남겨놓으신 땅이 도로에 포함되어 보상금이 나왔을 때도 엄마는 외삼촌들 등쌀에 돈 한 푼 챙겨 받지 못했다. 그렇게 깨끗이 자기 몫을 포기한 대가로 외삼촌이 일본 여행을 보내주었을 때 엄마는 너무 감격해했다. 같은 부모 밑에서 자란 남매들끼리 재산 싸움 하는 게 보기 좋은 일이 아닌 거 알지만 엄마의 양보심은 답답한 데가 있다. 하지만 내가 따져봐야 아무 소용도 없다. 엄마는 또 이렇게 말할 것이다. 사람 인정이 그런 게 아니라고. 네 것 내 것이 어디 있느냐고. 다 그러고 산다고.

"친구 누굴 만날 건데?"

"효림이 만날 거야."

"효림이? 그래 효림이는 요즘 뭐 하니?"

"몰라."

"애가 왜 신경질은 내고 그래? 너무 잘되어서 부러워서 그러는 거냐? 아님, 너처럼 그 모양 그 꼴이라서 그러는 거냐?"

"뭐?"

"너 저번에 누구냐? 걔가 공부는 지지리도 못했으면서 시집은 좋은 데 갔잖아. 그때도 너……."

"엄마, 걔처럼 돈 바리바리 싸들고 시집 좋은 데 가느니 그 돈 그냥 나 줘."

"주면 뭐 할 건데?"

말문이 막힌다. 그래, 그게 문제였다. 뭘 하면 좋을지를 모르겠다.

"아무튼 효림이는 정말 아깝다. 뭐가 되어도 될 줄 알았는데."

누군가에게 이런 말을 들을 때 정말로 화가 난다. 나도 효림은 뭐가 되어도 될 줄 알았다. 하지만 아직 체념하기에는 이르다. 그리고 삶이 한 방에 결정 나버리는 인간들도 드물지만 분명 있으니까. 효림이 그 부류가 아니라고는 아무도 장담하지 못할 테니까. 그런 건 다 어려운 시절의 고생담이 있기 마련이고 그런 고생담을 가지지 않으면 절대로 성공한 것이 아니다. 원래부터 다 가지고 태어나서 좋은 조건에서 이루어낸 자는 누군가의 꿈이 될 수 없다.

"엄마는, 서른도 안 됐는데 벌써 인생이 다 끝난 것처럼 얘기해?"

"하긴 그것도 그렇다."

“…….”

“내가 남의 딸 걱정하게 됐어? 내 딸도 모자라는 것 하나 없는데 이러고 있는데. 하긴 넌 넘쳐서 탈이지.”

엄마의 말은 언제나 턱없는 기대, 아니면 과도한 체념이다. 저렇게 아무렇지도 않게 나를 추락시킨다. 사람들은 내가 어떤 상처도 받지 않는다고 생각하고, 그래서 더 나를 공격해댄다. 하지만 나도 상처 입는다. 겉으로 태연한 체하기 위해 내가 속으로 얼마나 나를 힘겹게 붙들고 있는지 그들은 모른다.

나는 수시로 짜증이 나고 어쩔 때는 걷잡을 수 없이 화가 치민다. 사람들은 나를 잘 알지도 못하면서 자기들 마음대로 내 미래를 설계해대고 거기에 맞추어 내가 살고 있지 않다는 사실로 나를 이상하게 여긴다. 정말 웃기는 일이다. 언제부터 그런 게 내 인생이었는지. 왜 내 인생이 그래야만 하는지. 그럼에도도 왜 그런 게 내 인생일 수밖에 없는지.

*

고향 집으로 온 날 나는 제일 먼저 효림에게 전화를 걸었다. 효림은 언제 돌아가는지부터 물었다.

"좀 오래 있을지도 몰라, 어쩌면 내일이나 모레쯤 갈지도 모르고."

나는 그렇게 애매모호한 대답을 했다.

하지만 우리는 오늘까지도 만나지 않았다. 전화 통화만 하면서 '만날까' 했다가도 이내 '날씨가 안 좋은 것 같아', '시간이 벌써 이렇게 됐네' 하면서 내일로 또 미루었다. 분명 만나고 싶지 않은 것은 아니었다. 거리를 두고 전화 통화를 하면서 우리는 항상 '지금 만나서 이야기할 수 있다면 얼마나 좋을까' 했었다. 그런데 지금 당장 만날 수 있는 거리에서는 전화 통화만 하고 있다.

직접 만나서 할 그 이야기가 우리에겐 없었다. 효림에게도 나에게도 새로운 일은 아무것도 일어나지 않았던 것이다. 우리가 직접 만나 이야기했던 그때로부터 아무것도 달라지지 않았다. 매일매일이 새로웠던 예전과는 이제 다른 것이다.

아무렇지도 않게 방구석에 자신을 구겨두는 것에 점점 더 이렇게 익숙해져가는 우리. 자신에게 미안해하지도 않고 자책하지도 않고 할 수 없다고 포기하는 우리. 난 무섭다. 이렇게 형편없는 우리가 정말 우리일까 봐.

*

"여기 언제 바뀌었어?"

나는 효림에게 물었다. 우리가 어릴 때 자주 가던 빵집은 파리바게트가 되어 있었다.

"한 일 년 되었나?"

아쉬웠다. 파리바게트는 어디에나 있지만 그 빵집은 여기밖에 없었는데. 이제 세상 어디에도 없는 건가.

"다른 데로 옮긴 건 아니지?"

"아닐 거야."

"망한 건가?"

"정확히는, 그것도 아닐 거야. 이 건물 그 빵집 주인 거잖아."

"그럼?"

"밀린 거지. 밀리고 밀리다가 마침내 사라진 거지."

"버티고 버티다가 사라지는 거."

"그래, 그런 거."

우리는 이 세상 어디에나 있는 파리바게트에서 다시는 맛볼 수 없는 추억의 빵을 그리워하면서 빵이 아닌 커피를 마셨다.

우리가 앉아 있던 옆 테이블에는 고등학생으로 보이는 여자아이들이 앉아 있었다. 그들은 화면에 비치는 연예인을 보면서 얼굴이 작다, 너무 예쁘다 등의 부러움 섞인 찬탄을 내뱉고 있었다. 그리고 가끔 카운터의 아르바이트하는 남학생을 흘낏거렸다.

"쟤들 그런 거 맞지?"

"그런 거 같은데."

효림과 나는 마주 보면서 웃었다.

"우리 어릴 때 너희 오빠들 참 인기 많았는데."

"그랬지. 잘난 오빠들 덕에 내 학교생활이 참 윤택했지."

그때의 아이들의 열정을 어디에 비유할 수 있을까. 학을 천 마리씩 접고 편지를 매일 한 통씩 쓰고. 내가 그것들을 전달하면 큰오빠는 한심한 듯 바라보면서 이럴 시간 있으면 공부나 하라고 했다. 마치 내가 그 학들을 접고 편지를 쓴 것처럼 나는 모멸감을 느끼곤 했다. 작은오빠는 '고맙지만'이라고 얼버무렸다. 고맙지만, 그다음은 내가 늘 알아서 했다. 그 순수해서 무모한 열정이 상처받지 않도록 적당히 둘러댔다.

"너도 우리 오빠 좋아한 건 아니지?"

"좋아했으면?"

"진짜? 누구? 작은오빠?"

“넌 작은오빠를 더 좋아하는 게 확실하구나.”

“아니. 둘 다 싫어.”

“십 년 전이랑 똑같이 얘기하네.”

“시간이 지난다고 싫었던 게 좋아지겠니?”

“정말 싫어하는 거 아니잖아.”

“아니야. 정말 싫어해.”

“왜?”

“그냥 전부 다 싫어. 처음부터 끝까지.”

“언제 철들래?”

내 오빠가 아니었다면 그들을 싫어할 이유는 없다. 그냥 내 오빠라서 싫은 것이다. HD 초고화질의 텔레비전처럼 결점들이 다 보인다. 그 화질이 아니면 보이지 않을 것들까지. 나에 대해 그들도 마찬가지일 것이다.

*

대학 다닐 때도 고향 집에 오기만 하면 효림을 만나곤 했었다. 그때는 아무 일 없이도 즐겁고 행복했었다. 우리는 그때 정말 아무것도 몰랐다. 미래, 그런 건 저절로 오는 건 줄 알았다. 1학년이 지나면 2학년이 되고 또 3학년이 되고 그런 것처럼.

나는 같이 입학한 인간들 중에 가장 먼저 졸업을 한 부류였다. 군대를 가느라 휴학을 하지도, 어학연수를 가느라 학교를 쉬지도, 취업 준비나 공무원 시험 준비로 졸업을 미루지도 않았고, 줄줄이 F학점으로 졸업이 곤란한 지경도 아니다. 나는 4년을 곧장 달려 졸업했다. 내가 그렇게 한 것은 특별한 이유가 있어서가 아니었다. 학교에 다니기 싫어서였다. 그렇지만 회사는 몇 년만 다니면 되는 그런 것이 없다. 그래도 되는 거라면 나는 아마도 누구보다도 열심히 다녔을 것이다. 그곳을 하루빨리 벗어나기 위해서.

지금 대학은 현실의 전쟁터이다. 재능이나 적성 그딴 건 입학 성적 때문에 상관없는 것이 아니라 졸업한 후 때문에 상관없어진다. 취업이 잘되는 과가 제일이다. 내가 무얼 공부해보고 싶다, 그런 한가한 소리 하고 있을 틈이 없다. 스펙을 관리하는 것이 지상 과제다. 그런 대학을 벗어난, 오늘 만난 효림은 현실이라는 전쟁터에서 싸우다 지친 패잔병 같았다. 그렇다면 내 모습은? 싸워보기도 전에 도망치고 나중에 변명이나 해대는 병역 기피자쯤 될까.

"아무도 나에게 기회를 주지 않아. 나는 뭐든 할 수 있는데 말이야. 세상에 내가 못할 일은 거의 없다고 생각하는데도 말이야."

효림이 말했다.

"기회가 올 거야."

"정말 그럴까? 기회가 오길 너무 오래 기다리고만 있는 느낌이야. 뭐가 어떻게 되는 건지 모르겠어."

효림은 입사 서류를 또 하나 보냈다고 했다. 하지만 기대하지 않는다고, 기대하고 싶지 않다고. 단순히 기회가 필요한 것뿐인데도 그것조차 자신에게 닿기도 전에 가닥가닥 흩어지고 마는 것을 그저 멍하니 바라보고 있다가 허망해지는 것이 너무 싫다고.

"너, 고시 공부하는 거 어때? 단번에 세상 사람들이 부러워하는 일을 갖게 되는 건 그 길밖에 없잖아. 게다가 어쨌든 아주 공정하잖아. 정답만 맞추면 되는 거니까."

이런 말 할 때 나는 완전 속물이다. 하지만 치열한 자본주의사회를 살면서 속물이 되지 않을 방법이 있는가.

"그러는 넌, 뭘 할 건데?"

내 말에 효림은 웃더니 이렇게 말했다.

"나도 꼭 뭘 해야 하는 거니?"

"만약에 그래야 한다면 말이야."

"음, 글이라도 쓸까?"

"뭐?"

"왜 그렇게 놀라냐?"

"그래, 써. 넌 쓸 수 있을 거야. 네가 소설가가 되면 참 좋겠다."

진지하게 깊이 들어가 지금 당장 내가 무언가를 쓰고 소설가가 되지 않으면 안 될 것 같은 분위기. 나는 웃으며 말했다.

"관두자, 관둬. 뭘 새로 시작한다는 게 말이 되냐?"

"너도 내가 잘하는 게 공부밖에 없다고 생각하지? 그래서 고시 공부하라는 거잖아."

"어?"

"학교 다닐 때 내내 나는 공부 잘하는 아이였어. 늘 일등이었지. 그러니까 어쩌면 공부만 잘하는 아이였는지도 모르겠다. 학교 다닐 때는 그거면 됐는데 지금은 아니야. 나, 로또라도 할까?"

"……."

내가 생각하는 효림은 로또랑은 가장 어울리지 않는 사람이다. 로또를 하는 사람은 자기 인생에 눈먼 행운이 있다고 믿는 사람이거나 그것밖에 희망이 없는 사람들이다. 그런 사람들이 천 원으로 일주일 치 희망을 살 수 있다니 얼마나 다

행인가. 그런데 정말 희망도 돈으로 살 수 있을까.

"로또에 걸리면 비참해지지 않을 수 있지 않을까 해서 그래. 아주 운이 좋은 사람 같잖아."

어릴 때부터 나는 누군가 별안간 나타나 나를 데려가주길 바랐다. 내가 고아라고 생각하면서 진짜 부모님이 나타나 나를 데려갈지도 모른다고 생각했다. 그 집에는 아이가 나밖에 없어서 아무것도 빼앗기거나 억지로 양보하지 않아도 될 거라고 생각했다. 한동안 잊고 있었다. 나도 이제 어른이고 내 힘으로 살 수 있을 거라고 생각했었으니까.

효림도 나도 희망이라는 것에 지쳐가고 있다. 점점 더 약해지고 있고. 다만 버티기 위해서 자신을 다독거리는 것만으로 온종일 진이 빠진다. 그건 우리가 가질 수 있는 최대치의 삶 속에 지금 우리가 있지 않기 때문일 것이다.

*

나는 상처 없는 인간이 아니다. 상처를 모르는 척하는 인간, 모르는 척할 수 있는 인간일 뿐이다. 잠이 오지 않는다. 계속 이렇게 아무것도 아닌 채로 살아갈 수는 없다. 정말 비

참할 것이다. 살아 있지도 못할 만큼. 살아 있는 것이 아닌 것
처럼.

*

엄마가 그렇게 닦달을 할 때는 절대로 안 내려갈 것처럼
버티던 나는 내려와서는 아버지께 직장을 그만두었다고 이
실직고하고 다른 걸 시작할 거라고 말씀드렸다. 이것저것 괜
찮은 말들을 섞어서 희망차게 패기 있게. 아버지는 그래, 해
봐라, 하고 말씀하셨다.

그리고 며칠 동안 아버지는 일찍 나가셨고 엄마는 내가 일
어나길 기다린 사람처럼 나를 붙잡고 같은 얘기를 반복했다.

"너 정말 결혼할 남자 없니? 없으면 이번에 선이라도 보
고."

엄마는 그동안 모아놓은 선 리스트를 쫙 펼치기 시작했다.
누구누구 집 아들이거나, 어디어디 회사원이거나, 무슨무슨
직업인 서른 넘은 남자들.

"엄마, 사람들한테 나 엄마 하나도 안 닮았다고 얘기했
어?"

"그게 무슨 소리야? 네가 왜 나를 안 닮아?"

"내가 어디가 엄마를 닮았어?"

"내가 지금은 늙어 그렇지, 너 나이 때는 너만큼 예뻤어."

"그 이야기가 아니라 난 엄마처럼 못한다그."

"요즘 어떤 여자가 나처럼 하고 사냐?"

"엄마가 그걸 알아? 그런데 왜 이러고 살다?"

"아니, 요즘 여자들 말이야."

대부분의 어머니들은 딸은 자기와는 다른 인생을 살 거라고, 살아야 한다고 믿는다. 하지만 우리가 정말 우리 어머니와 다른 인생을 살 수 있을까.

"나이 더 먹으면 값만 떨어져."

"엄마는 내가 무슨 가판에 올려놓은 생선인 줄 알아? 값이 떨어지게."

"그러면 너는 네가 오래되면 오래될수록 값나가는 골동품인 줄 알았니? 네가 아무리 똑똑해도 내가 살면서 겪은 세월을 이길 수 있을 거 같아? 엄마 말 틀린 거 없다는 거 알게 될 때는 너무 늦어. 그만 시키는 대로 해."

"아직 나 그 정도는 아니라니까."

"그럼, 너는 그렇다 치고, 승민이는 사귀는 여자 정말로 없는 눈치냐?"

"내가 그걸 어떻게 알아?"

"같이 살면서 그걸 어떻게 모르니?"

"연애는 프라이버시야."

"프라이버시? 가족 간에 프라이버시가 어디 있어?"

"엄마는 하여튼……."

"너도 너지만 승민이도 결혼시켜야 할 텐데. 어디 참한 여자가 붙어서 도와줘야지. 나는 승민이 생각만 하면 아직도 불안하다."

작은오빠에게 친하게 지내는 여자가 있다고 말하면 엄마가 한시름 놓을까. 엄마 바람대로 참하고 똑 부러지는 여자라고. 너무 똑 부러지는 여자라고.

*

나는 작은오빠의 그 여자가 싫다. 평범한 여자가 잘나가는 커리어우먼에게 거부감을 느끼는 것일까. 백수의 괜한 자격지심일 뿐이란 걸 나도 안다. 하지만 그렇게 완벽한 모습으로 겸손한 척하면서 이런 건 누구나 노력하면 할 수 있는걸요, 하고 말하는 듯한 그 여자가 싫다.

작은오빠가 무심코 아무 데나 던져놓은 휴대폰으로 그녀가 전화를 걸어오는 것을 몇 번이나 보았다. 그녀는 작은오빠랑 동갑에다가 상사였다. 작은오빠 전화, 하고 소리치면서도 이 여자는 왜 이렇게 자주 작은오빠를 찾는지 궁금했고, 얼마 지나지 않아 그녀가 작은오빠에게 사적인 관심이 있다는 것도 눈치챘다.

하지만 그들의 연애는 쉽게 시작되지 않았고 내가 그녀의 존재를 감지한 후 거의 일 년이나 지나서야 나는 비로소 그녀를 만날 수 있었다. 나는 일단 그녀의 끈기가 놀라웠고 이런 여자가 그런 끈기를 발휘할 만큼 우리 작은오빠가 대단한 매력이 있는 건가, 하고 다시 생각해보게 되었다.

"승아 씨, 어떤 분인지 정말 궁금했어요."

그녀의 인사치레에 나는 좀 기분이 나빠졌다. 한 수 위의 사람이 아랫사람을 너그럽게 보아준다는 식의 태도 때문이었다.

"부모님이 한자리하시나 봐요."

"무슨?"

"아니면 어떻게 그렇게 빨리 그 자리까지 오른 거죠?"

"정확하게 표현하자면 빨리가 아니라 일찍이죠."

그녀는 사람들이 쉽게 말하는 미사여구, 미모의 재원에다가 대단한 적응력까지 갖추고 있었다.

"우리 오빠, 어디가 좋아요? 페미니스트라서요?"

"아니요. 승민 씨는 페미니스트라기보다는 휴머니스트죠, 굳이 표현하자면."

그녀는 작은오빠에 대해 좀 아는 듯했다. 어쩌면 가족인 나보다도 더.

아무리 생각해도 사랑이란 게 정말 희한한 데가 있었다. 이십여 년을 전혀 다른 곳에서 다르게 자란 남자와 한 집에서 사는 꿈을 갖게 만들고, 사랑하는 남자가 어떻게 사는지 궁금해지고, 그 잘난 여자가 나의 푸대접에도 아랑곳하지 않고 사랑하는 남자의 여동생이라는 이유 때문에 생글거리고 있었다.

그리고 또 우리 엄마 같은 사람에게 무보수 봉사활동을 평생 억울한 줄 모르고 하게 하기도 한다. 그런데 엄마는 아버지를 사랑할까, 아직도. 그리고 아버지는?

엄마는 잘하는 거라곤 살림밖에 없다고 스스로 생각한다. 살림 외에 나머지 모든 것을, 너무 많은 것을 아버지에게 결정하도록 한다. 하지만 솔직히 우리 엄마란 사람, 그렇게 형편 없지 않다. 살림, 그거 아무나 하는 거 아니다. 이전에는 몰랐지만 자취하면서 나는 그런 생각을 했었다. 엄마처럼 착착 순

조롭게 생활이라는 것이 굴러가도록 하는 것, 그것도 자기 한 사람이 아니라 온 가족이 평안하게 살도록 하는 것. 그 능력의 십 분의 일만이라도 엄마가 다른 일에 쏟아부을 수 있었다면 지금쯤 우리 엄마는 꽤 다른 모습을 하고 있지 않았을까.

지금 저녁 준비 때문에 종종거리는 엄마가 좀 애처롭게 느껴진다. 아버지가 품위 있게 늙어가는 동안에도 엄마는 여전히 부엌일에서 한 발짝도 벗어나질 못하고 있다. 이렇게까지 하지 않아도 되는 거 아닌가. 파출부 불러다 집안일 좀 한꺼번에 처리하고, 아침에 해놓은 밥으로 점심, 저녁 때우고, 좀 때 탄 커튼이나 식탁보, 이불도 적당히 보아 넘기고, 그렇게 살면 안 되나.

엄마도 이 집을 벗어나 자기만의 인생을 생각해본 적이 있었을까. 흔히 말하는 자아실현 같은 것. 남편과 자식의 성공을 자신의 성공과 동일시하는 우리 엄마. 그렇다면 지금 엄마의 인생은 실패하고 있다. 아버지는 노쇠했고, 그토록 믿었던 큰아들은 피하기만 하고 있고, 하나 있는 딸은 빈둥거리기만 하고 있으니.

나는 엄마처럼 살기 싫다. 작은오빠의 그 여자처럼 살 수도 없다. 선택할 수 있는 것도 아닐 테지만 선택할 수 있다 해도 선택할 수가 없다.

*

손톱이 부러졌다. 왼쪽 가운뎃손가락과 네번째 손가락. 손톱이 부러질 때마다 낭패했다는 생각을 하게 된다. 맨 처음 손톱이 부러진 것이 언제였더라. 열아홉 살이었다. 대학 입학을 앞두고 처음으로 손톱을 길렀다. 아무리 공들여 발라도 비뚤어지기만 했던 매니큐어.

그로부터 십 년이 다 되어가는 지금 나는 매니큐어뿐 아니라 패디큐어까지 혼자 잘도 한다. 일주일에 한 번 이상 꾸준히 해온 짓이니까. 시간을 투자한 만큼 능숙해졌다. 세상 모든 일이 그러했으면 좋으련만 아무리 해도 능숙해지지 않는 일도 있는 법이다. 그런 일을 꼭 하면서 살 필요가 없다면 아예 덤벼들지 않는 것이 좋을지도 모른다.

굳이 내가 아니어도 되는 일을 하면서 자신을 소모할 필요가 있을까. 남보다 잘할 수 있는 일을 하면서 사는 것이 나에게도, 그리고 내가 속한 세상에도 도움이 될 것이다. 그렇게 말할 수 있는 일이 나에게 있을까. 고작해야 매니큐어 바르는 것, 하루 종일 책이나 영화를 보는 것, 툭하면 남들이랑 말싸움을 벌여서 '너한테는 도저히 못 당하겠다'라는 항복을 받아내는 것, 술 마시고 노래 부르고 춤추면서 밤을 새우는 것, 도무지 생산적이라고 할 만한 건 없는 것 같다.

내가 이렇게 살고 싶어서 이렇게 살게 된 것만은 아니다. 세상이란 곳에 나와 보니 그곳은 내가 생각했던 곳과는 판이하게 달랐다. 내게 주어진 일이란 것은 내가 상상하던 일이 아니었다. 하지만 그런 일이 주어진 것만도 감사해야 할 판이었다. '난 어디어디에 다니고 있습니다'라고 말할 수 있는 사람은 많지 않았다. 세상 모두가 불행할 때 혼자 행복한 것은 행복한 것이 아니다. 세상에는 평균이라는 게 존재하고, 우리는 모두 평균치에 적용을 받는다.

좋은 건지 나쁜 건지 나는 백 명을 모아놓으면 그 백 명 중 가장 눈에 띄는 인간이다. 사람들은 나를 불안하고 불편한 시선으로 바라보았다. 내가 봐도 나는 회사원에 어울리지 않는다. 하지만 회사에 어울리는 사람이 따로 있는 건 아니지 않은가. 남들 하는 건 나도 다 하면서 살아왔다. 내가 원하지 않는 거라도 어쨌든 하긴 다 했다는 말이다.

회사라고 다르지는 않을 거라고 생각했다. 하지만 그들은 내가 얼마 뒤면 그만두어버릴 것처럼 생각했고, 그래서 일에 충실하지도 못하고, 그래서 또 중요한 걸 맡기지도 못한다고 했다. 좋은 세상에 태어나서, 게다가 좋은 부모를 만나서 아무 생각 없이 돈 쓰면서 산다고, 또 '좋은 남편 만나서 남편이 벌어다 주는 돈 쓰면서 살게 되겠지'라고 내 삶을 정리해주기도 했다.

그들이 옳지도 않았지만 틀리지도 않았다. 나는 결국 회사를 그만두어버렸으니까. 아주 열심히 계속 다녔다면 삼 년이 넘었을 지금, 함께 신입 사원 연수를 받던 이들 가운데 많은 사람이 회사를 그만두었다. 누군가는 더 안정된 철밥통 직장을 갖기 위해, 누군가는 결혼을 위해, 누군가는 더 연봉 높은 회사로, 누군가는 자기 사업을 하려고, 누군가는 자격증이 있는 전문직으로 전환하려고. 나는 제일 먼저 그만두어 눈에 띄었을 뿐 특별한 건 아니었다.

내 삶은 저주받았는지도 모른다. 마법사의 저주에 시간이 멈추어버린 동화 속 숲 속의 성처럼 나에게 주어진 그나마 다행스러웠던 모든 것은 대학을 졸업하던 그때, 아니 고등학교를 졸업하던 그때 멈추었다. 내 삶은 시작부터 마법사의 축복 없이 시작되었고 언제든 그 심술궂은 장난에 휘둘릴 운명이었는지도 모른다.

*

고향에 내려와 너무 오래 있었다. 조금만 더 미적거리다간 한 달을 채울지도 모른다. 엄마가 잔소리를 하든, 아버지가 아무 말을 하지 않든, 내 방이 흔적조차 없든 여기가 아직은 내 집이라고 부를 수 있는 유일한 곳임에는 틀림없다. 하지만 그렇기 때문에 이제는 올라가야 한다. 여기 눌러 있으면 영영 아무것도 못 할지도 모른다. 올라갈 날짜를 하루하루 미루니 이제는 엄마가 오히려 불안해한다.

"너, 언제 올라갈 거니?"

"왜 내가 이러고 있으니까 귀찮아?"

"그래. 상전을 둘이나 모시고 있으려니 그렇지."

엄마가 웃으며 말했다.

"나, 안 올라가고 엄마랑 여기서 이러고 살까?"

"너, 아버지한테는 꼭 하고 싶은 게 있다고 그랬다면서."

"언제는 선봐서 결혼하라면서."

"그것도 좋지만 하고 싶은 일이 있으면 해야지. 결혼이야 그다음에 해도 되고."

"정 그러면 안 해도 되고?"

"그건 아니지. 사람이 남들 하는 건 다 하고 살아야 되지 않겠니? 그러니까 내 말은 너 하고 싶은 일도 하면서 좋은 남자 만나지면 그때 결혼도 하고 그러라는 말이지. 네 말대로 너 아직 서른 살도 안 됐고, 요즘은 서른 넘어서도 좋은 남자 만나서 결혼 잘만 하더라. 그리고 나는 어찌해서든 네가 좋고 행복하면 좋아."

엄마는 내게서 내가 바라는 것이 아닌 다른 것들을 기대하고 있는 것이다. 하지만 지금 이 순간은 엄마 말대로 되면 좋겠다. 내가 하고 싶은 그 일이 어떤 건지 아직도 잘 모르겠지만 그런 일도 할 수 있게 되면서 좋은 남자 만나서 남들 다 하는 결혼도 하고, 그래서 내가 좋고 행복해서 엄마도 좋았으면. 이 별거 아닌 거 같은 문장이 난해한 문제처럼 느껴진다. 어쨌든 답을 써내야겠지.

*

효림에게 전화를 걸었다.

"나, 모레 올라갈 건데 내일은 좀 그렇고 오늘 시간 있니?"

"백수가 시간 없다는 게 말이 되나? 어디서 볼까?"

놀이공원이라는 곳이 백수한테 어울리는 곳일까. 안 어울리는 곳일까. 나와 효림은 지금 놀이공원에 와 있다.

롤러코스터가 빙글빙글 돌아가고 있다. 보기만 해도 속이 울렁거린다. 어릴 때 딱 한 번 저걸 타보고는 다시는 근처에도 얼씬하지 않았다. 남들은 내가 간이 크다고, 겁이 없다고 말하지만 난 사소하게 겁이 많은 편이다. 그리고 스스로 심장이 약하다고 생각하고 있다. 저 롤러코스터에 올라앉았다간 꼼짝없이 심장마비로 죽거나 적어도 한참 동안은 까무러쳐 있을 것 같다.

내 마음의 속도와는 관련 없이 흐르는 지금 내 삶의 속도. 롤러코스터처럼 속도가 빠르지 않으면 존재 자체가 불가능한 것이 있다. 나는 그러니까 너무 느린 롤러코스터를 타고 있는 셈이다. 너무 느려서 이건 뭔가 잘못된 것이 틀림없다고 불안해하지만, 일단 출발했으니 되돌아갈 수도 없고 멈출 수도 없고. 제 속도를 찾지 못한다는 것, 그리고 멈춰 서 있다는 것이 때때로 죄악처럼 느껴진다.

"난 안 탈래."

효림과 줄을 서 있다가 내가 말했다.

"참, 너 못 탄다고 그랬었지. 그러면 어쩌지?"

"너만 타. 난 저기 앉아서 보고 있을게."

"괜찮겠어?"

"안 괜찮을 게 뭐 있어?"

효림은 롤러코스터를 연거푸 몇 번씩이나 탔다. 나는 벤치에 앉아 그 모습을 바라보았다. 무얼 해도 신나지 않고 이제 더는 갖고 싶은 것도 하고 싶은 것도 없다고. 나는 자꾸 힘이 빠진다고. 무섭다고. 이렇게 이런 식으로 깨어나고 잠들고 아무것도 없는 것이 두려워 미칠 것 같다고. 효림에게 말하고 싶었다. 그리고 효림이 너, 도대체 왜 이래, 바보같이, 하고 큰 소리로 야단쳐주기를 바랐는지도 모른다.

하지만 우린, 여름처럼 무더운 봄날의 놀이공원에 있다. 효림은 롤러코스터를 타고 소리를 마구 질렀고 나는 그런 효림을 바라보았다. 굳이 일일이 지금의 나를 설명해야 할 필요가 없었다. 우리는 아무것도 설명할 필요가 없었다. 지금 현재에 대해서는.

*

요즘도 가끔 그런 꿈을 꾼다. 유원지에서 길을 잃어버리는 꿈. 그러고도 부모님을 찾아 울지도 않고 혼자서 너무 잘 노는 꿈. 어릴 때 내 꿈은 디즈니랜드에서 사는 것이었다. 진지하게 퍼레이드에서 백설공주 역을 하고 싶다고 생각한 적도 있었다. 지금 생각해보면 너무나 어이없는 꿈이었다.

지칠 때까지 롤러코스터를 탄 효림과 함께 놀이공원을 나와 근처의 카페에서 한숨을 돌리기로 했다. 효림이 먼저 말을 꺼냈다.

"저번에 네가 한 얘기 생각해봤는데."

"무슨 얘기?"

"소설 쓸까, 그랬었잖아."

"아, 그거 농담이야. 소설은 아무나 쓰냐?"

"난 네가 그 아무나가 아니라고 믿기 때문에 이런 말 하는 거야. 해보지 않고 뭐든 할 수 없다고 말해선 안 되는 거잖아. 그리고 해보지도 않고 난 저것쯤은 우스의, 하는 것도 웃기는 거고. 난 네가 해봤으면 좋겠어."

무언가 진지하게 시작해보고 싶은 마음이 아주 절실해지는 순간이 있다. 지금 같은 순간. 누군가 진지하고 간절한 눈빛으로 너는 할 수 있다고, 믿는다고 말하는 그런 순간. 게다가 그 사람이 나를 아주 잘 알고, 내가 아주 좋아하는 사람이라면.

할 수만 있다면, 우연이 끌고 가는 내 삶을 필연으로 정리하고 싶다.

*

서점에서 오래 머물렀다. 이렇게 많은 책이 이미 세상에 있다. 이 책들은 어떤 식으로 세상에 나온 걸까. 소설은 어떻게 쓰는 걸까.

내 삶의 계획에는 소설을 쓰는 일은 없었다. 언제나 소설을 읽을 계획으로 가득 찼다. 학교 다닐 때도 나는 문예반이 아니라 독서반이었다. 문예반이 재능이 있거나 하고 싶은 애들이 모이는 곳이었다면 독서반은 아무것도 하기 싫은 아이들이 모여드는 곳이었다. 그러니까 특별활동을 선택할 게 없는 아이들이 특별활동이랍시고 특별할 게 전혀 없는 책 읽기를 했던 것이다. 게다가 읽어도 읽지 않아도 상관없었다. 그런데 나는 그냥 읽었다, 소설책을. 소설이 좋았던 건 가짜기 때문이었다. 진짜 같은 가짜. 진짜이면서 가짜.

내가 이런저런 생각을 하며 머물고 있는 이 소설 코너에 아까부터 남자 둘이 있었다. 그들도 나처럼 특별히 생각하고 온 책이 없는 듯 이 책 저 책 뒤적거렸다. 그들은 몇 권의 책을 골랐다. 나는 그들이 고른 책을 보았다. 몇 회 무슨무슨 문학상 수상작. 한 남자가 또 다른 남자에게 물었다. 준비는 잘 되어가느냐고. 그들은 문학상을 받은 소설책들을 가지고 계산대로 갔다.

소설을 쓰려는 사람의 얼굴을 오늘 처음 보았다. 서점에서 문학상 수상작을 유심히 보고 다니는 사람. 언젠가 거기에 내 이름을 올려놓을 것을 기대하는 사람. 언제 그의 얼굴을 책날개에서 만날 수 있을까. 지금부터 얼마나 오랜 시간이 지난 후에. 그들이 가고 나서 나는 그들이 보던 책 가운데 하나를 열어보았다.

소설을 쓰면 어떤 식으로 세상에 책이 되어 나올 수 있는 건지 한 가지 방법은 깨달았다. 제일 간단한 방법이지만 제일 어려운 방법일지도 모르겠다.

*

내가 갖고 싶은 미래의 나를 어떤 지위나 위치로 단정 지어 말할 수는 없다. '어떤 사람이 되고 싶다'라고 말할 수는 없지만 굳이 어떤 식으로라도 말해야 한다면, 그러니까 세 가지 소원을 들어주는 램프의 요정을 만나면 나는 이렇게 말할 것이다.

첫째, 평생 놀 수 있었으면 좋겠다. 둘째, 평생 놀아도 노는 사람은 아니고 싶다. 셋째, 평생 놀고도 남는 게 있었으면 좋겠다.

사랑이 내 삶을 해결해주리라 생각했던 적이 있었다. 어디선가 백마 탄 왕자가 나타나 내 삶을 구원해줄지도 모른다고. 하지만 내가 사랑한 인간은 항상 백마 탄 왕자와는 거리가 멀었고 백마 탄 왕자는 도저히 사랑할 수가 없었다. 세상에 왜 인간성 좋고 존경할 만한 그런 왕자는 없는 건가. 아직도 그런 왕자가 없으리라고 완전히 포기하진 않았지만 그런 왕자를 만나려면 적어도 내가 그에 상응하는 가치를 지닌 공주가 되어야 한다는 사실을 알게 되었다. 그러니까 왕자가 일방적으로 공주를 구원할 수는 없는 것이다.

신데렐라도 계모의 구박 속에 재투성이로 지내서 그렇지, 본래는 귀족이지 않았던가. 제대로라면 신데렐라가 계모와 언니들이 차지하고 있던 그 성의 주인이라는 것이다. 걔가 너무 착해서 그러고 산 것뿐이다. 왕자가 한 일이라곤 신데렐라의 본래 몫을 찾아준 것뿐이다. 그럼 내가 할 일은 유리 구두를 떨어뜨려놓는 것인가. 어쩌면 나의 유리 구두가 소설일지도 모른다.

나는 내가 가도록 되어 있는 그곳, 가야만 하는 그곳, 갈 수밖에 없는 그곳으로 결국은 갈 것이다.

샌드페이퍼

"좋은 사진이야."
바베트는 롤라의 긴장된 시선을 느끼며
오로르에게 다시 말했다.
"그런데 사진이 너를 닮지 않고 네 책들을 닮았어."
― 폴 콩스탕, 『비밀을 위한 비밀』 중에서

＊

이해인 수녀는 행복의 열쇠는 금고를 여는 구멍과는 맞지 않고 마음을 여는 구멍과 맞다고 했고, 이병주 작가는 행복의 제1조건이란 행복의 조건을 거부하는 것이라고 했다. 캐시 하나워는 행복해지기 위해서는 남의 눈을 의식하지 말아야 하며 행복은 자기 자신에게서 나오는 것이며 스스로 창출하는 것이라고 했고, 링컨은 사람은 행복하기로 마음먹은 만큼 행복하다고 했다. 톨스토이는 행복은 인간을 이기주의자로 만든다고 했고, H. 스펜서는 모두가 행복해질 때까지는 아무도 완전히 행복해질 수는 없다고 했다. 니체는 세상에는 우리의 침울한 두 눈으로 발견할 수 있는 것 이상의 행복이 있는 법이라고 했고, 러셀은 행복의 비밀은 자신의 관심을 되도록 널리 지니고 흥미를 끄는 사항이나 인물에 되도록 호의적으로 반응하는 것이라고 했고, 칸트는 행복의 원칙은 어떤 일을 할 것, 어떤 사람을 사랑할 것, 어떤 일에 희망을 가질 것이라고 했다.

행복을 눈에 보이는 수치로 환산해낸 공식도 있다. 영국의 심리학자 캐럴 로스웰과 인생 상담사 피트 코언이 십팔 년간 영국인 천 명을 인터뷰하고 만들어낸 행복공식이다.

$$행복 = P + (5 \times E) + (3 \times H)$$

여기서 P $^{personal, 인격}$ 는 인생관, 적응력, 우연성 등의 개인적 특성, E $^{existence, 존재}$ 는 건강, 돈, 인간관계 등의 생활 여건, H $^{higher\ order, 고차원적인\ 조건}$ 는 자존심, 기대, 야망, 유머를 가리킨다. 공식은 의외로 간단한 네 가지 질문으로 만들어진다. 첫째, 외향적이고 변화에 대해 유연한가. 둘째, 우울하거나 가라앉은 기분에서 회복이 빠르고 스스로를 잘 통제한다고 생각하는가. 셋째, 건강, 돈, 안전, 자유 등의 조건에 만족하는가. 넷째, 자신의 일에 몰두하며 스스로의 기대치에 부응하고 자신이 설정한 목표를 향해 행동하는가. 이 네 가지 질문에 1부터 10까지 점수를 매긴다. 첫번째와 두번째 질문의 점수를 합한 값이 P값, 세번째와 네번째 질문의 점수는 각각 E

값과 H값이 되고 이를 공식에 대입하면 된다.

행복공식을 만들어낸 그들은 많은 사람이 안 좋은 일은 과대평가하고 좋은 일은 과소평가해서 스스로를 불행하게 만들고 있다고 말한다. 그들이 제시한 행복의 방법은 다음과 같다. 가족과 친구, 자기 자신에게 시간을 쏟아라. 친밀한 소수가 곁도는 다수보다 낫다. 흥미와 취미를 추구하라. 과거나 미래에 살지 마라. 운동하고 휴식하라. 성취 가능한 목표를 가져라. 아니면 행복하려고 노력하기를 중단하면 아주 즐겁게 지낼 수 있다.

행복의 방법대로 나는 이미 살고 있다. 자기 자신밖에 모르며, 아주 친한 몇몇 사람들에게 집중하고 나머지는 상관하지 않으며, 놀고 즐겼으며 그렇게 현재에 아주 충실했고, 성취 불가능한 목표는 생각도 하지 않으며 애쓰지도 않았다. 하지만 공식에 대입하기 위한 질문에 대답하고 그 결과를 보지 않고도 안다.

나는 행복하지 않다.

행복은 믿음과 상상의 결합으로 마음먹기에 따라서 있기도 하고 없기도 한 것이다. 내가 행복하다고 여기기만 하면 행복한 것인가. 꼭 그렇지만도 않은 것이 이런 추상적인 것일수록 타인의 인증이 필요한 법이다. 타인이, 될수록 더 많은 타인이 당신은 행복한 사람이라고 말해주면 말해줄수록 행복해진다. 나의 느낌과 타인의 인정이 결합해서 나는 행복하다는 믿음을 만들어낸다.

그러니까, 나는 행복하지 않다.

*

"안녕하셨어요?"

오후 세 시 느와르에서 커피 한 잔을 시켜놓고 혼자 멍하니 앉아 있는데 누군가 인사를 한다. 이곳에서는 언제든 혼자이기가 쉽지 않다. 나는 인사하는 목소리 쪽으로 시선을 돌린다.

"저, 성우 친구입니다."

"아, 예."

"한동안 안 보이시더군요."

그는 계속 내 앞에 서 있다. 앉으라고 말해야 앉을 모양이다.

"고향에 갔다 왔어요."

"여기 자주 오세요?"

"예. 그런 편이죠."

그는 아직도 서 있다.

"전에 통 못 뵌 것 같은데."

"제가 원래 좀 그래요. 사람들 눈에 잘 안 띄죠. 있으나 없으나 별로 상관없는 그런 사람이니까요."

"그런데 계속 그렇게 서 계실 건가요?"

"아, 예, 실례가 됐군요. 그럼 전……."

"앉으세요."

"예?"

"보아하니 일행도 없는 것 같은데, 아니면 아직 기다리는 사람이 안 왔거나. 아무튼 거기 앉으시란 얘기예요."

"예, 그럼."

그는 그제야 앉는다. 이런 사람이 정말 낯설다. 언제부터인가 나는 이런 식으로 예의를 차리고 격식을 다하고 그렇게 한 꺼풀씩 겨우겨우 벗고 한 걸음씩 한 걸음씩 다가오는 그런 사람을 만나보지 못했다.

내가 아는 사람들은 한 번만 만나도 그다음부터는 쓱싹 친한 척하기 시작하는, 그래도 하나도 어색하지 않은 그런 사람들이었다. 겉으로 보면 우리는 언제나 웃고 떠들고 요란하게 친밀감을 표시하지만 사실은 절대로 내보이지 않는 너무나 단단한 자기를 가지고 있다. 내어놓을 수 있는 것과 절대로 내어놓아선 안 되는 것들이 어떤 사람을 만나기 전부터 정해져 있는 사람들. 하나의 기호만 일치하면 한꺼번에 꺼풀들을 벗어던지지만 절대로 내어놓지 않을 것 또한 미리 정해져 있다. 누구를 만나든 마찬가지이다.

"성우랑 어떤 친구세요?"

"제가 많이 좋아했지요. 옛날부터요. 오래된 특별한 친구라고 할 수 있어요."

오래된 친구? 이상하군. 옛날부터 알고 지낸 오래된 특별한 친구, 그런 게 성격 나쁜 성우에게 있다니 신기한 일이군. 하긴 성격 나쁘기로는 둘째가라면 서러울 나도 효림처럼 정말 오래도록 변함없는 친구가 있으니 뭐 그럴 수도 있겠지. 그럼, 이 남자도 효림처럼 착하고 사람들 마음을 하나하나 헤아리는 재주가 있는 건가.

"고등학교 동창이세요?"

"아니요. 성우 형이랑 같은 학교를 다녔어요. 제가 선배죠."

"성우한테 형이 있어요?"

“네.”

내 눈앞의 이 남자랑 친구라면 성우의 형이라는 사람은 성우랑 아주 다른 종류일 거라는 생각이 들었다. 왜 끼리끼리 논다고 하지 않나? 그런 의미로 나랑 성우는 친구일까, 아닐까. 우린 분명 친구가 아니지만 이런 남자의 시선으로 본다면 성우와 나는 끼리끼리 모인다는 그 친구가 아닐까.

나는 성우의 형에 대해 조금 궁금해졌지만, 가만히 있었다. 이 남자와 이야기를 하다 보면 성우가 꼭 내가 아는 사람이 아닌 것만 같다. 그렇게 한참을 그와 나는 침묵을 지켰다. 더 이상 불편하기 싫어 이제 그만 일어나야지, 하는 생각을 하고 있는데 그가 말했다.

“이 곡 참 좋죠.”

나는 음악에 귀를 기울였다. 밥 말리였다. 작은오빠는 슬플 때 밥 말리를 들으면 단번에 기분이 좋아진다고 했다.

“밥 말리를 좋아해요?”

“예.”

“의외군요.”

“왜요?”

“일종의 편견이겠지만 레게를 좋아하는 사람은 그러니까…… 적어도 레게 파마 정도는 시도해볼 수 있는 그런 사람일 거라고……."

"로커가 머리카락을 기르는 것처럼요?"

이 남자는 농담을 너무 진지하게 받아들이는 경향이 있다. 이러면 말이 조심스러워진다. 그가 계속 말한다.

"성우도 로커지만 머리를 안 기르잖아요."

"성우가 로커면 난 래퍼게요?"

성우의 친구가 갑자기 큰 소리로 웃었다. 나에게는 성우처럼 조금도 양보하지 않고 대등하게 싸우려드는 게 낫다. 너 그럽게 봐주는 것처럼 저러는 건 오히려 난처하다.

"성우가 그러더군요. 승아 씨는 모험가라고."

"제가요?"

"예."

"성우가 농담은 좀 하죠. 개는 놀고먹는 걸 모험이라고 생각하나 봐요. 그쪽도 그렇게 생각하세요?"

"노동이란 본래 라틴어로 실패와 추락을 뜻해요. 성경이 암시하듯 일해야 하는 건 신이 인간에게 내린 저주였어요. 네 이마의 땀으로 밭을 갈고 손의 노고로 먹으라고 아담에게 내린 벌로 여겨지던 노동이 은총으로 변도한 것은 불과 이백여 년 전이었죠. 이후 노동은 시대의 필요에 따라 악에서 미덕으로 의무에서 권리로 가치관을 바꿔왔을 뿐이에요."

"하지만 이제 노동은, 아니 일이란 건 사회 성원으로서의 능력과 자질을 가늠하는 존재의 이유, 그 자체 아닌가요?"

"승아 씨는 정말 그렇게 생각하시나요? 어쩌면 그 결과로 인간은 다양한 능력 중 생산능력만이 강조된 기형이 되었다는 생각은 들지 않나요? 고대 그리스만 해도 소유보다는 존재의 풍요함이 훨씬 중요했었지요."

이 남자의 정체가 슬슬 궁금해진다. 그리고 여기서 이런 식의 얘길 하고 있는 나도 낯설다.

"도대체 뭐 하시는 분이신가요?"

"승아 씨는요?"

"제가 아까 말씀드리지 않았던가요? 놀고먹는다고. 더 쉽게 말할까요. 백수예요."

"백수란 미래에 더 크게 도약하기 위해 무언가 준비하고 있는 사람들 아닌가요? 아예 꿈도 희망도 없이 정말 놀고먹는 사람은 뒤에 건달을 붙여야지요."

이 남자의 얘기를 듣다 보니 나는 그동안 정말 백수건달이었다. 아무것도 하기 싫고 아무것도 되고 싶지 않은. 이제 슬슬 그 생활도 지겹고, 건달 빼고 백수나 되어볼까.

"책을 쓸까 생각 중이에요."

누구를 만나든 미리 정해져 있는, 털어놓아선 안 되는 것.

그 경계를 나는 그냥 훌쩍 넘어버렸다. 지금 이 남자에게 아무렇지도 않게 말해버렸다. 나, 왜 이러는 거지.

"정말이에요? 어떤 거요? 소설이요? 그렇죠? 소설이겠군요."

"그랬으면 좋겠어요. 하지만 아무런 준비가 안 됐어요."

이렇게 말하다 보니 진짜 그러고 싶어진다. 쓸 수만 있다면 진짜 소설이란 걸 쓰고 싶다.

"마르케스가 그랬다죠. 작가는 태어나는 것이지 만들어지는 것이 아니다. 천부적인 재능을 가지고 태어나는 것일 뿐, 단지 필요한 건 글을 쓰는 방법을 배우는 일이다."

"그래요? 하지만 전 뭐든 배우는 건 신통찮아요. 아주 게으르거든요."

"성우가 그러더군요. 승아 씨는 굉장한 사람이라고."

"설마, 성우가 그랬을라고요. 크게 일을 낼 계집애다 그랬으면 몰라도."

그의 표정을 보니 성우가 정말 그렇게 말한 모양이다.

"잘못 이해하신 거예요. 그건 말 그대로 크게 사고를 칠 거라는 얘기예요. 멋진 일을 해낼 거란 얘기가 아니에요. 그런데 성우는 요즘 왜 안 보이는지?"

"성우 보고 싶으세요?"

그는 너무나 진지한 표정으로 내게 그렇게 물었다.

"아니요. 내가 왜 개가 보고 싶겠어요."

그와 헤어져 집으로 돌아오는 길에 나는 생각했다. 어떤 사람에게는 소설이 대단하고 위대한 무엇일지 모르겠지만 나한테는 소설이 모험이다. 나는 모험가가 되고 싶다. 나는 모험가가 될 것이다.

*

여름이 끝났다. 날짜상으로는 적어도 그렇다. 아침은 상쾌하고 한낮은 뜨거우며 저녁은 흐느적거린다. 가을이 곧 다가오는데 내게는 풍성하기는커녕 초라한 수확도 없다. 나는 줄곧 어떤 상상에 사로잡혀 있지만 이제는 그 상상이 그다지 효력을 발휘하지도 못하고 있다. 걱정과 근심, 어떤 변명으로 이 삶을 일관시킬 것인가. 아니면 남은 힘을 다해 나를 걸고 무언가를 시작해볼 것인가. 상상만으로 이 세상을 살아갈 수는 없을 테니까.

스물일곱 살이라는 적잖은 나이에도 나는 정말로 아무것도 가진 것이 없다. 세상의 기준으로 하자면 말이다. 하지만 누군가 그럴싸한 나를 생각하고 있다면 적어도 내 안에는 그 가능성이 있을지도 모른다. 그렇다면 이대로 물러서면 안 된다. 세상이라는 전쟁터에서 한 번도 내 진지를 구축해보지도 못한 채 백기를 흔들 수는 없다.

그러나 이 싸움은 이길 확률이 몹시 희박하다. 그래도 싸워야 한다면 나는 철저히 내 방식으로 싸울 것이고, 이길 수 없다 해도 절대 그들의 방식에 굴복하지 않을 것이다.

*

나는 그동안 매일 오후 한 시나 두 시쯤 일어나고 새벽 여섯 시나 일곱 시쯤 잠들었다. 하루 스물네 시간 중 일곱 시간을 자고 열일곱 시간을 깨어 있었다. 오후에 네 시간, 새벽에 여섯 시간, 그렇게 열 시간을 컴퓨터를 켜놓았고 그 언저리를 떠나지 않긴 했지만 딱히 소설을 쓴다고도 할 수 없었다. 그리고 그 나머지 시간은 어디로 사라지는지 알 수 없었다.

도대체 며칠이나 지나온 걸까, 느닷없이 소설을 쓰기로 한 그날로부터. 날짜 개념이라는 게 머릿속에서 흐릿해져가고 있다. 마치 소설처럼 어느 날은 몇 년을 살고 어느 날은 며칠

씩 똑같은 날이다.

나는 소설을 쓴다고 컴퓨터 앞에 앉아 있지만 실은 소설을 생각하는 시간이 더 많았다. 내가 쓸 소설, 소설을 쓰는 나, 소설을 쓰면서 살아가는 나, 그런 내가 쓰는 소설. 그런 생각은 결론 없이 늘 어떤 지점으로 되돌아왔다. 소설을 쓰면서 살아갈 수 있는가.

나는 책장에 꽂힌 책들 중 몇 권을 골라 훑어본다. 나 같은 사람이 하루면 읽어내는 이 책 한 권을 위해 작가란 사람은 얼마나 많은 열정과 시간을 쏟아부은 걸까. 정확히 얼마의 시간이면 이런 책 한 권을 세상에 들이밀 수나 있는 걸까. 한 자 한 자 실제로 쓰는 시간만으로 이 책이 되는 것도 아니겠지.

세상에 태어나 내가 제일 처음 읽은 소설은 무엇일까. 큰오빠의 책이었던 『데미안』이 아니었나 싶다. 죽은 작가들의 책으로 책 읽기를 시작한 나는 최근 십 년은 살아 있는 작가들의 책만 읽었다. 그중 몇몇은 이제는 죽은 작가가 되었지만. 무형이든 유형이든, 내가 그 책을 읽던 때에는 살아 있었다. 작가들의 삶과 죽음을 가르는 건 그들의 진짜 죽음이 아니다. 그런 의미에서 나는 조만간 죽을 작가의 책을 읽고 있다. 수명이 일 년, 길면 삼 년일 책들.

오래 살아남고 싶은 생각은 없다. 잠시만 살더라도 살아 있는 것처럼 살고 싶다.

*

똑똑, 노크 소리가 들린다.

"아직 안 자니?"

작은오빠다. 무슨 일인지 휴가를 낸 오빠는 어제부터 집에 와 있다.

"들어가도 되니?"

"응."

"아침에 너 자고 있을 때 어머니한테서 전화 왔었어."

"엄마가 뭐래? 내려오래?"

"아니, 너 너무 말랐다고 걱정하더라. 보약 한 재 지어 보내신다 그러던데."

"나, 한약 싫어."

"엄마가 보내봤자, 너 또 그냥 가만히 놔뒀다 버릴 것 같아서 내가 좋은 한의원 아니까 알아서 지어 먹인다고 했으니까, 어머니가 전화하면 실수하지 말고 약 잘 먹고 있다고 얘기해."

“오빠, 고마워.”

“그런데 정말 너, 너무 마르는 거 아니니?”

내가 말랐나. 그런 것 같진 않은데. 너무 집에만 있어서 그런가.

“지금까지 뭐 한 거야?”

“글쎄.”

“대답이 뭐가 그래.”

“저번에 오빠가 내준 숙제를 하고 있는 중이라면 괜찮은 대답이 될까.”

“불충분한데.”

“아직은 뭘 하는 건지 말하고 싶지가 않아. 그걸 말하면 내 마음이 너무 급해지고 이상해질 것 같아. 어색하기도 하고.”

“뭔지 모르지만 잘하겠지. 난 널 믿어. 그리고 힘든 거 있으면 말해. 오빠가 도와줄 테니까.”

“그러는 오빠는 무슨 일이야? 여태 잠도 안 자고 무슨 고민 있어? 힘든 거 있으면 나한테 말해. 내가 도와줄 테니까.”

나는 작은오빠 말투를 흉내 내어 똑같이 말했다.

“나, 결혼해야 되겠지?”

“결혼이라니? 갑자기 그게 무슨 소리야. 회사의 그 여자랑?”

작은오빠는 고개를 끄덕였다.

“오빠, 그 여자 사랑해?”

“사랑?”

“그럼 왜 결혼하려는 거야?”

“결혼하려면 사랑을 해야 하니? 다른 사람은 몰라도 넌 그런 소리 안 할 줄 알았는데.”

“나이가 됐으니, 그리고 꽤 괜찮은 여자가 나타났으니 결혼을 하겠다?”

“결혼이란 젓가락처럼 하나로는 불완전하기 그지없는 인간들이 자기랑 똑같은 불구를 찾아내 난 완전해, 그렇게 외치는 거라고 또 말하고 싶은 거니?”

“그건 큰오빠 약 좀 올리려고 그랬던 거지.”

큰오빠가 느닷없이 여자를 데리고 와서 결혼한다고 통보했을 때 내가 그렇게 말했었다. 큰오빠가 이 여자가 너무 불쌍해서 구원해주려고 그래요, 하고 금방이라도 말할 듯 거룩한 표정을 짓는 것이 구역질이 났다. 그래서 큰오빠도 자기가 생각하는 그 여자만큼 아무것도 아니라는 뜻으로 그렇게 말했다.

“날 사랑하고 결혼하고 싶대. 결혼을 허야 한다면 둘 중 어느 하나라도 간절히 원하는 게 낫잖아. 난 젓가락 같은 인간이라서 혼자 살 자신 없어. 세상과 혼자 싸우고 싶지 않아. 스크럼을 짜는 거지. 직장이 세상과 싸우는 데 내 바리케이드인 것처럼. 간단하지?"

저런 식으로 사람들은 결혼을 결심하는 걸까. 저런 복잡하고 슬픈 이유로.

"걱정하지 마. 나도 그 여자 사랑해. 사랑이 뭐 그리 특별한 건가. 그 여자와는 얘길 할 수 있어. 내 말을 알아들어. 더 이상 혼자서 중얼거리지 않아도 된다는 거 좋잖아."

"그래, 좋겠어. 그 말 들으면 그 여자 아주 행복해하겠어."

나는 약간 빈정거렸다.

"불행하게 만들지는 않을 거야."

불행하게 만들지는 않겠다는 그 말이 사랑한다는 말보다도 더 믿음이 간다. 사랑이라는 이유로 자신의 목표를 향한 멀고 험한 과정에 동행자로, 그리고 심지어는 그 짐을 나누어 지거나 귀찮은 건 알아서 맡고 있으라는 계산속으로 결혼하려는 녀석들은 정말 질색이다.

"불행하게 만들지 않을 각오가 되어 있고, 오빠는 지금 그 여자를 사랑하는 거 같고, 또 그 여자는 오빠를 너무 사랑하고. 됐네. 그런데 도대체 표정이 왜 그래? 아무 문제도 없는데."

“넌?”

“나?”

“그래, 네가 혼자 남게 되잖아.”

내가 혼자 남는다고. 그래, 그렇군. 작은오빠가 새로운 동지를 구하면 난 다시 혼자가 되는 거지. 그래, 그래서 내 마음이 이런 거로군.

“내가 누누이 말하지만 난 포크 같은 인간이야. 젓가락이 아니라고. 알겠어?”

난 그렇게 또 큰소리쳤다.

내가 아직도 출발선에서 서성이고 있다는 걸 알고 있다. 실은 제대로 출발하는 법조차도 모르고 있다는 것도 안다. 하지만 언제나 그래 왔던 것처럼 내 식으로 시작한다. 스타트 라인. 나는 숨을 가다듬고 최선의 상태를 준비한다. 그것이 지금 내가 할 수 있는 최대치다.

*

이 세상에서 나를 가장 잘 모르는 사람은 가족이다. 나는 가족들에게 비밀에 준하는 것을 말한 적이 없다. 예를 들어

내가 술을 처음 마신 건 고등학교 때이며 회사를 그만두고 싶을 때 그만두지 못한 건 순전히 카드값 때문이며 휴대폰에 저장된 전화번호가 오백 개가 넘지만 그 대부분이 잘 알지도 못하는 사람이거나 알고 싶지도 않은 사람이며 지금까지 만난 남자가 한 트럭 분량이며 마지막으로 연애를 한 애인이 나를 미친년이라고 평가했다는 것, 같은 것들.

하지만 내가 말하지 않았다고 해서 그들이 정말 아무것도 모를까. 엄마는 보고 싶은 것만 보고 믿고 싶은 것만 믿겠지만. 만약 그런 나를 안다면 그 사람은 작은오빠일 것이다. 나도 마찬가지이다. 그가 고백하지 않아도 내가 알고 싶지 않아도 알게 되는 것이 있다. 친절이 오해를 낳아 매달리는 여자들, 침묵이 건방짐으로 해석되어 반감을 가진 상사, 사적인 이야기를 하지 않는다고 속을 모르겠다며 불만인 동료들.

나는 안다. 그가 견디고 있다는 것을, 그리고 때로 즐기고 있다는 것을. 이 결혼은 그의 견딤일까, 즐김일까. 이 세상의 모든 일이 단 하나의 감정으로 도배될 수는 없다. 그러나 이 결혼을 지배하는 것은 무엇일까.

*

며칠 동안 작은오빠의 결혼 때문에 부모님이 올라오시고 하는 바람에 정신이 없었다. 엄마는 작은오빠의 그 여자가 얌전해 보이지 않는다고 하면서도 그런대로 마음에 드는 모양이었다. 큰오빠 결혼 때처럼 까다롭게 굴지는 않았다. 궁합도 그럭저럭 잘 넘어갔고 무엇보다 사회생활 오래한 그 여자가 살갑게 굴며 엄마 마음을 구슬린 탓도 있을 것이다.

"일하는 여자라 살림 솜씨 같은 건 기대도 안 했는데 걔는 요리도 잘하고 모르는 것도 없고. 그에 비하면 넌 도대체, 뭐니?"

그런 식으로 엄마의 화살은 내게로 돌아오곤 했다. 오랫동안 집 안에만 있으면서 내가 알게 된 나는 절대로 좋은 아내가 될 수 없을 거란 사실이다. 좋은 아내란 끝없는 희생정신으로 가족을 보살피고 가정을 가꾸는 사람이다. 거기다가 요즘 여자는 돈까지 벌어야 한다. 남들은 그걸 사랑이라고 부르는 모양이지만 내 기준에서 그건 불가능한 미션이다.

평소 같으면 말대꾸 꼬박꼬박하면서 한마디도 지지 않는 내가 아무런 반응도 없자 엄마가 오히려 머쓱해할 지경이었다. 그래서 어떨 때는 안 해봐서 그렇지, 하면 사실 누구보다 잘할 거라고 나를 위로까지 해주었다. 하지만 솔직히 나는 다른 궁리 때문에 엄마랑 비교적 탈 없이 지냈다.

이제 현실적인 문제가 카운트다운을 시작한 폭탄처럼 내 앞에 버티고 있다. 작은오빠가 결혼을 하게 되면 나는 이번 에는 진짜 독립을 해야 한다. 이대로 가만있으면 고향 집으로 돌아가는 길밖에는 없을 것이다. 돈을 벌어야 한다.

"너 진짜 요즘 뭘 하는 거니?"

엄마가 물었다. 나는 가만있었다. 거짓말을 할 수도, 진실을 말할 수도, 짜증을 낼 수도 없었다.

"아버지한테 열심히 해보겠다고 했다면서. 그게 도대체 뭐니?"

"……."

"아무것도 열심히 하지 않는 네가 열심히 한다는데 뭐 그럴 만한 거겠지."

내가 아무 말도 하지 않으니 엄마는 계속 혼잣말이다. 추리소설이라도 쓸 기세이다. 얘가 도대체 뭘 열심히 하겠다는 거지? 그러면서 의심할 것이다. 진짜 열심히 하긴 하는 걸까? 하고. 엄마는 비밀이 없는 사람이다. 비밀인데 하면서 비밀을 다 말하는 사람. 그러니까 진짜 심각한 비밀은 없는 사람. 그러므로 우리 엄마는 정말 불행한 적은 없었던 사람이다.

엄마의 혼잣말을 듣다가 생각한다. 그런데 이게 열심히 하면 되는 것일까? 그리고 이내 이런 답이 아닌 답이 나온다. 세상에 열심히 한다고 되는 일이 몇 개나 되겠어? 그리고 또 생각한다. 딸이 소설가가 되겠다고 하면 환영할 만한 엄마가 세상에 몇 명이나 될까?

우리 엄마가 아는 여자 소설가는 내가 알기로는 딱 세 명이다. 내가 소설을 쓴다고 하면 엄마는 내가 그들처럼 되려고 하는 줄 알 것이다. 그들의 소설을 읽지 않고도 그들의 소설을 알며 그 소설가를 안다고 사람들이 생각하는 그런 소설가. 하지만 나는 그들처럼 온 세상이 다 아는 소설가가 될 수 없을 것이다.

소설을 읽지 않는 자에게 소설가는 존재하지 않는 사람이나 마찬가지이다. 나는 세상 대부분의 사람들에게 존재하는 사람이 되려고 한다.

내가 소설을 쓴다는 사실을 가장 나중에 알게 될 사람은 가족일지도 모른다. 지금 내가 가진 가장 큰 비밀이니까. 그러나 그렇게 된다면 그럴 줄 알았다고 말할 비밀 아닌 비밀. 지금 내가 바라는 건 이 비밀이 비밀 아닌 비밀이 되는 것이다.

*

별로 꿈이 없었다. 매일매일 새로운 것을 새롭게 좋아하면서도 정작 내 삶 전체에 대해서는 아무런 기대도 없었다. 시키는 대로, 주어진 대로, 그냥 살아온 것 같다. 제대로 맘껏 선택이란 걸 해본 적이 없고 우겨본 적도 없다. 욕심을 부릴 그런 것이 내 앞에 놓인 적이 없었다. 그냥 오면 오는 거고 가면 가는 거고. 그것이 순리라고 믿었다.

글을 쓰면서 나는 욕심을 내고 있었다. 이게 아닌데 이거보다 좀더 나을 수 있는데. 한없이 욕심이 생겨났다. 그래서 나는 지쳤다. 바라는 대로 안 움직여주는 글 때문에. 글 쓰면서 살게 되는 날이 오리라고는 생각해보질 못해서 사실은 잘 쓸 준비라곤 안 되어 있으면서 그렇게 부질없이 욕심만 부렸다.

어떤 날은 한 줄도 못 썼고, 어떤 날은 몇 페이지를 썼다. 그리고 어떤 날은 며칠 동안 쓴 몇 페이지를 몽땅 버리기도 했고, 또 어떤 날은 내가 쓴 것을 읽고 또 읽었다.

그렇게 어느덧 한 편의 소설을 썼다.

희망과 두려움, 자랑스러움과 부끄러움, 시작과 끝, 그렇고 그런 복잡한 느낌과 생각들이 밀려왔다.

*

그리고 마침내 그 소설을 떠나보냈다.

*

나는 어디선가 날아올 소식을 기다린다. 기다림이 깊을수록 기다리는 나를 인정하고 싶지 않은 마음 때문에 계속 잠을 청한다. 며칠째 낮에 계속 잤다. 밤에는 아무 일 안 하고 그냥 그럭저럭 보낸다.

시간은 자꾸 지나고 있는데 나는 여전히 기대를 버리지 못하고 있다. 내가 쓴 글이 제대로 읽히지도 않은 채 어딘가에 내팽개쳐져 있을지도 모른다는 것을 알면서도. 어쩌면 누군가 읽었지만, 몇 줄씩 건너뛰어 읽고는 별거 아니군, 하고 금방 잊혔을지도.

하루 벌어 하루 사는 노동자로서의 삶을 살면서도 작가가 되는 것을 포기하지 않았다는 스타인벡처럼 사실은 나도 내가 하고 싶은 이 일에 확신을 갖고 싶은 건지도 모른다. 무슨 대가를 치르더라도 꼭 하고 싶다는 확신, 그리고 할 수 있다는 확신. 그 확신을 위해 누군가의 인증이 필요한가. 써도 좋다는 허락 같은 것이 아니다. 내가 궁금한 것은 내가 쓴 소설이 진짜인가 하는 것이다.

*

오래간만에 느와르에 갔다. 그리고 성우의 그 친구를 또 만났다. 사람의 인연이라는 게 참 이상하다. 그라는 사람을 인식하기 시작하자 그가 자주 눈에 띄기 시작했다. 그러니까 이곳에서 그동안 몇 번이나 스쳤을지도 모르는데 그때는 그를 몰라서 그가 있는 줄도 몰랐을 것이라는 얘기다.

"소설은요?"

그가 물었다.

"쓰긴 썼죠. 별로 신통치가 않은가 봐요. 소식이 없네요."

나는 실패가 두려웠나 보다. 뭔가 노력하고 결과를 기대하는 세상의 일들이 싫었다. 위대해지고 보람을 얻고 하는 이 세상 사람들이 가치 있다고 믿어 의심치 않는 그런 일. 나는 아무것도 시도하지 않고 그래서 진심으로는 어떤 실패도 겪지 않은 사람으로 무책임하게 사라져버리고 싶었다. 그런데 애정을 가진 일과 시간과 정성이 드는 일에 실패하는 기분이 어떤 것인지를 이제야 비로소 알 것 같다. 가끔 터무니없는 꿈이 아닌가 하는 생각을 한다. 하지만 그래도 결국 이 길을 원한다는 생각도 한다.

"저 혹시 읽어볼 수 있을까요?"

"예?"

"승아 씨가 쓴 그 소설요. 아는 사람 중에 출판사 쪽 일을 하는 사람이 있어요. 승아 씨 이야기를 했더니 관심을 갖더군요. 제가 연결시켜드릴 수 있을 것 같은데."

"참 다양한 사람이랑 친분이 있으시군요. 로커에다 출판인, 또 혹시 아시는 영화감독이나 그런 사람은 없어요? 매니저도 괜찮고요. 이왕에 덕 좀 보려면 그런 걸로 하죠."

이렇게 말해야 그가 다시 내게 소설 이야기를 꺼내지 않을 것 같았다. 그런데 왜 나는 이런 식으로 계속 화를 내고, 게다가 잘난 체하고 있는 걸까. 이런 식으로라도 나에게 최면을 걸어놓지 않으면 어느새 한없이 초라해져버린다. 그래서 나에 대해 과장하고 더 큰소리를 친다. 점점 더 극단적으로 나를 몰아가게 된다. 그리고 지금으로서는 그 극단의 끝을 짐작조차 할 수 없다.

"……."

"왜 그런 일 하는 사람은 모르시나 봐요? 바쁘세요?"

"아니요."

"그래요? 전 좀 바쁘거든요. 먼저 일어날게요. 맥주 오면 혼자서 시원하게 드시고 잘 가세요."

당황해서 어쩔 줄 모르는 그를 내버려두고 느와르를 나왔다. 도대체 나는 왜 이러는 거지. 잘 알지도 못하는 사람에게. 그것도 자기 딴에는 내게 도움을 주겠다고 저러는 건데. 이러는 내가 정말 싫다. 난 벌써 지친 모양이다. 희망을 붙잡아두는 일에. 실패했다는 것을 알아도 오기로 버틴다. 지면 안 된다고. 무엇과 싸우는지도 모르면서 나는 언제나 내게 말한다. 지면 안 된다고. 지면 안 된다고만 생각했지, 한 번도 이길 생각을 해보지 못했다. 나는 공격이 아니라 방어하며 살아온 것이다.

나는 글을 쓰고 내 삶의 변화를 꿈꾸었던 것일까. 어느 누구의 도움도 받지 않은, 온전한 나만의 내가 내 삶을 진정으로 변화시킬 수 있기를. 불안하기만 하던 그 희망은 이제 사그라지고 있다. 나는 결과를 생각하면서 사는 사람이 아니다. 결과를 생각하지 않았기에 시작할 수 있었다. 그런데 결과를 기다리며, 뻔한 결과 앞에서 이러고 있다. 이런 상태가 데자뷰처럼 익숙한 건 많이 듣고 본 장면이기 때문이다. 그래, 각오해야만 한다. 그들처럼 무수히 탈락하고 거절당하고 거부되고 실패하고 좌절하고 그럼에도 계속할 수밖에 없는 현실을, 아니 꿈을, 그리고 삶을.

*

이제 아무에게도 기대지 않고 혼자 살아갈 궁리를 절박하게 해야 할 시점이 왔다. 이번 주 토요일 오후 두 시 작은오빠는 결혼을 한다. 아파트의 임대계약이 내년 오월로 되어 있어 당장 고향으로 쫓겨 내려갈 형편까지는 아니다.

나는 통장에 있는 돈을 생각했다. 이번 겨울, 그리고 어쩌면 내년 봄까지는 견딜 만한 금액이었다. 약간의 아르바이트를 한다면 여름까지도 견딜 수 있을지도 모른다. 새 옷도 안 사 입고 습관적으로 끌어모으는 액세서리도 안 사고 외식도 줄이고 술도 줄이고 그런다면 더 오래도 버틸 수 있을 것이다. 그렇게 앞으로 내 미래를 계획하다 보니 작은오빠의 자리가 꽤 크게 느껴졌다.

*

작은오빠의 결혼식 날, 내가 결혼하는 것도 아닌데 마음이 착잡했다. 그런데 결혼식 날 마음이 착잡한 게 맞을까. 상상해보니 내 결혼식 날 나는 마음이 착잡할 것 같다. 그런데 작은오빠의 그 여자는 하나도 착잡하지 않고 너무 행복해 보인다. 그런 그녀를 보니 조금은 부러워졌고 이 결혼에 대한 나의 일말의 우려가 싹 사라졌다. 게다가 공주 같은 웨딩드레스를 입은 인형 같은 그녀와 턱시도를 멋지게 차려입은 작은오빠는 너무 잘 어울렸다. 하객들이 선남선녀라고 입이 마르도록 칭찬을 하는데 나까지 뿌듯해졌다.

이 결혼식은 우리 가족의 첫 결혼식이다. 큰오빠 내외는 가족의 축복을 받는 결혼식을 하지 못했다. 축복도 받지 못하고 아무도 납득하지 않는 결혼을 했던 큰오빠 내외도 결혼식에 왔다. 새언니는 한국말이라고는 아직도 인사말밖에 하지 못했다. 내 조카도 왔다.

큰오빠가 말했다.

“써니, 고모야. 인사해야지.”

나는 내 조카를 안아주었다. 이름이 선이라는 그 아이는 떠듬거리지만 저희 엄마보다 한국말을 훨씬 잘했다. 한때 나는 큰오빠가 가족으로부터 달아나고 싶어, 그리고 또 이 나라로부터 도망치고 싶어, 서둘러 그런 결혼을 한 거라고 생각했었다. 큰오빠가 다른 시대에 태어나 그런 현실을 외면할 수만 있었더라도 다른 모습을 하고 살고 있을 것이다. 세속적 의미의 출세를 하면서. 그랬다면 나는 큰오빠를 더 미워했을까.

큰오빠의 정의는 아버지를 곤란하게 했고, 또 무기력하게 했다. 그때 이후 나는 아버지가 달라졌다고 생각한다. 아직도 여전한 아버지의 단정함이나 단호함은 다만 껍데기일 뿐이라고. 자신의 아들이라는 이유 때문에 선처를 호소하고 편법을 써서 빼내고. 그렇게 또 아들은 살아오면서 내내 믿었던 영웅을 잃어버렸다.

그때 나는 큰오빠에게 말했다.

“그따위로 살지 마.”

그는 무슨 뜻이냐는 듯 나를 바라보았다.

“나랑 작은오빠는 괜찮지만 큰오빠 넌 이렇게 살면 안 되잖아.”

나는 어렸고 내가 선택한 단어 '이렇게'가 정확히 어떤 것인지도 몰랐다. 사랑에는 책임과 의무가 따른다. 그는 더 많이 받았으니 더 곧고 크게 살아야 했다. 내가 생각한 것은 큰오빠의 삶인 동시에 세상 사람이 큰오빠에게 기대한 삶이기도 했다. 하지만 정작 큰오빠가 그의 삶에서 정말 무엇을 원했는지도 모른다.

몇 번씩이나 내가 서 있는 쪽을 뒤돌아보던, 아무리 너그럽게 보아도 더 이상은 젊다고 말할 수 없는 큰오빠의 모습은 내게 난생처음 연민을 자아내고 있다. 옛날의 그 어이없을 정도로 자신감에 넘쳐 오만하기 이를 데 없던 큰오빠는 어디로 갔을까.

예전에 나를 따라다니던 남자애가 있었다. 나는 나대로 그런 놈들을 떨어내는 방법이 있었는데 그대로 내버려둔 걸 보면 어린 내 눈에 꽤 괜찮아 보이는 남자애였던 모양이다. 굳이 말하자면 나는 그 애의 단순함이 좋았던 것 같다. 뭐든 복잡하게 따지기 좋아하는 나와는 달리, 좋아한다는 걸 표현하면 어떻게 될지, 아니 좋아한다는 표현 자체를 어떤 식으로 해야 효과적일지조차도 따지지 않는 그 멍청하고 진지한 단순함.

그런데 그 애의 단순함 때문인지 학교와 동네에 소문이 났

다. 방학 때 고향 집으로 내려온 큰오빠는 그 남자애를 나의
의사와는 상관없이 간단히 해치웠다.

큰오빠는 그 애에게 이렇게 말했다고 한다.

"너 내가 누군지 알지. 승아는 내 동생이야. 무슨 뜻인지 알
겠지?"

나중에 대학에 가서 그 애를 만났다. 그 애는 꽤 그럴듯한
대학생이 되어 있었고, 큰오빠의 안부를 궁금해했다. 그리고
그날 큰오빠를 만나서 자기 인생이 변했다그 했다. 그러니까
그 애 말은 큰오빠 때문에 어리석은 시절을 접고 열심히 공
부해서 대학에 갔다는 것이다. 기껏해야 대학생이 된 주제에
잘난 체는.

나는 어리석은 그 시절의 그 애가 더 좋았다. 그 투명한 단
순함이. 하지만 멀쩡하고 평범한 대학생이 된 그 애에게는
그 투명한 단순함을 찾을 수 없었다. 그 애는 열심히 공부해
서 대학에 가느라고 자신만의 독특함을 잃어버렸는지도 모
른다. 그런데도 큰오빠에게 고맙다고. 그래, 고맙겠지. 네가
궁극적으로 원하는 삶이 남들하고 똑같이 사는 거라면.

그때 그 애를 만나서 나는 다시 깨달았다. 나는 윤승혁의
여동생이었다. 이대로 살다가는 언제나 큰오빠 윤승혁의 여
동생이었다. 무슨 일이 있어도 나는 큰오빠를 윤승아의 오빠

로 불리게 만들고 싶었다. 방법은 물론 알 수 없었지만 그런 열기가 끓어올랐다. 그랬었는데, 그런 전의가 나를 여기까지 오게 만들었을지도 모르는데. 아주 오래간만에 만난 적이 생각보다 훨씬 약해져 있어 실망이 이만저만이 아니다.

이제 나는 큰오빠가 무엇을 아직도 원하는지 알 것 같다. 큰오빠는 어쩌면 아직 가족을 벗어나지 못했는지도 모른다. 받아주기만 한다면 돌아오고 싶은지도. 하지만 아버지, 어머니는 화해에 서투른 사람들이다. 써니를 한 번도 안아주지 않았고 새언니와 눈조차 마주치지 않았다. 큰오빠 가족들은 결혼식 다음 날 다시 돌아갔다.

*

느와르에서 다시 성우의 친구를 만났다. 정체가 뭔지 모를 이 남자는 나처럼 백수인지도 모르겠다. 느와르에 출몰하는 시간대가 그야말로 자기 마음대로이다.

"저번에는 제가 죄송했습니다."

그는 사과했다. 그날 일이 그에게 사과를 받아야 할 일인지 몰라서 나는 그냥 있었다.

"승아 씨는 성우에 대해 모르는 게 많은 거 같아요."

"제가 성우에 대해 알고 있어야 하나요?"

"알고 싶지 않으신 건가요?"

"전에는 그런 생각조차 해보지 않았는데 이제는 좀 궁금해지네요. 그쪽이 자꾸 궁금하게 만들고 있잖아요."

"제가 그랬나요?"

"예."

"성우한테 형이 있어요."

"그건 저번에 얘기하셨잖아요."

"형 이름이 진우입니다. 그리고 둘은 쌍둥이입니다. 성우가 승아 씨에게 형 얘기를 한 적이 한 번도 없었나요?"

"없었어요. 우린 가족 이야기는 하지 않아요."

"그렇군요. 이 사진 좀 봐주시겠습니까?"

그는 내게 사진 한 장을 내밀었다. 아주 단정하고 멀끔하게 생긴, 소년을 갓 벗어난 젊은 남자였다.

"알아보시겠습니까? 성우입니다. 정확히는 성우가 사라지기 전의 진우, 승아 씨가 성우로 알고 있는 진우의 사진입니다."

그러면서 그는 한 장의 사진을 더 내밀었다. 그 사진 안에는 아주 닮은 두 청년이 있었다. 하지만 둘은 확연히 달랐다.

분위기나 느낌, 색깔 같은 것이. 누가 보아도 둘은 다른 사람이었다.

그는 나에게 성우와 진우 쌍둥이 형제에 대한 이야기를 해주었다. 쌍둥이로 태어나 아주 어릴 때부터 같은 삶을 살아온 두 사람은 스무 살이 되면서 서로 다른 길을 선택했다. 언제까지나 자신들이 하고 싶은 것만 하면서 살 수 없다는 걸 알았기 때문이었다. 그래서 한 명은 인생의 책임과 의무를, 또 한 명은 인생의 자유와 즐거움을 최대한 누리기로 했다. 둘이 서로에게 느끼는 동질감이 워낙 컸기 때문에 이를테면 네가 하는 것은 내가 하는 것과 똑같다, 이런 식으로 생각한 것이다. 한 명은 집안의 대를 이을 의사의 길로, 또 한 명은 스스로가 원하고 즐기는 로커의 길을 갔고, 그 후 두 사람은 아주 다른 사람이 되었다. 그러다가 로커인 성우가 사고로 죽었고, 진우란 사람이 지금 정신적으로 약간 혼란을 겪고 있다는 것이다.

나는 그의 이야기를 들으며 세상에 나와 똑같은 인간이 하나 더 있다면, 그래서 어떤 것을 미루거나 혹은 대리만족을 느낄 수 있었다면, 나는 그 사람에게 무엇을 맡겼을까 생각해보았다. 아마도 이 세상이 바라는 가장 바람직한 자리에 그를 대신 세워두고 나는 철저히 자유로워지고 싶어졌을 것이다. 어떠한 책임도 지지 않고 어떠한 구속도 거부하고 파멸이나 죽음을 두려워하지 않는 그런 삶 속으로 아무 거리낌 없이 걸어 들어갔을 것이다. 분명 그랬을 것이다. 그러나 어떤 삶이 더 바람직한가에 대해서는 결론 내릴 수 없었다. 그건 단순한 문제가 아니었다.

"진우는 저랑 같은 병원에 있었습니다."

"의사세요?"

"누구요? 저요?"

"예."

"의사예요."

"정말이에요?"

"의심이 많으시군요."

"의사 선생님이 왜 이렇게 한가한 거죠?"

"지금은 쉬고 있어요."

"진료 과목이 뭐예요? 내과? 정형외과? 아님, 성형외과?"

"저는 정신과예요. 진우와 저는 성장 배경이 비슷하지요. 진우 아버님이랑 저희 아버님이 한 병원에서 근무하셨어요. 저는 병원 언저리를 떠나본 적이 없어요. 부모님이 두 분 다 의사시거든요. 할아버지도, 할머니도, 그리고 외할아버지도 의사시죠. 그래서 저도 그냥 아버지처럼 어머니처럼 의사가 됐어요. 저희와 진우 집안을 통틀어 의사를 모으면 웬만한 종합병원은 될 겁니다."

"어릴 때부터 다른 꿈 한 번도 없이 의사가 되고 싶으셨어요?"

"그랬던 것 같아요. 당연히 그렇게 되어야 하는 걸로 알았어요."

"그럼, 방황이나 좌절 같은 건 없으셨겠군요."

"그렇게 말할 수도 있겠군요. 방황도 좌절도 없었던 사람에게 방황과 좌절을 어찌하면 좋을지를 말하려고 사람들이 찾아옵니다. 어떨 거 같아요? 우리 이런 얘기는 그만하죠. 승아 씨는 지금 제일 하고 싶은 게 뭐예요?"

"정신과 의사로서의 질문은 아니겠죠. 제가 정상이 아닌 건 알지만. 이번에 상담 한번 받아볼까요?"

"그건 제가 사양하겠습니다."

"유감이네요."

"의사가 아니고 친구라고 생각하고 얘기해보세요."

"어디 멀리 떠나고 싶어요. 그냥 떠나버리고 싶어요."

어쩐지 나는 한 번도 이 위치를 벗어나본 적이 없었던 것만 같다. 견딜 만한 실망과 무책임한 희망을 남겨두는 일, 그렇게 내 삶은 오래도록 멈추어 있었다.

“달라지지 않을 거라는 거 나도 알아요. 하지만 상관없어요. 그냥 답답하고 여기 있으면 계속 맴돌고 있는 기분밖에 들지 않을 것 같아요.”

“그럼, 그건…… 이를테면 탈출이군요.”

시간이 가고 있다. 젊음이 할 수 있는 모든 일, 그리고 스물일곱의 내가 할 수 있는 일. 민감하게 나이를 계산해내는 이 초조함으로부터 자유로워질 수 있었으면 좋겠다. 제발.

성우의 친구 때문에 머릿속이 온통 거미줄처럼 엉켜버렸다. 성우와 나는 어떻게 해서 여기까지 온 걸까. 성우를 처음 알게 된 날이 정확히는 기억나지 않는다. 아마도 내 친구 중의 한 명과 성우가 아는 사람 중의 한 명이 연인 사이였던 것 같다. 그 둘이 누구였는지, 정작 우리를 묶은 그 두 사람은 지금 흔적도 없다. 우리는 서로 이름을 말하면서 하는 그런 정식 소개를 해본 적이 없었다. 그런 격식 없이, 어쩌다 보니 나는 그를 유성우라는 이름으로 알고 있었다.

내가 알고 있는 유성우는, 한때는 드러머였고 지금은 백수이고 성질이 더럽고 희망 없는 지루한 표정을 가지고 있다. 내가 알고 있는 유성우는 그게 전부이다. 내가 그동안 유성우라고 알아온 인간 어디에도 그가 말하는 유진우는 없다. 그러니까 내가 그의 말을 믿을 이유는 없다.

그리고 내가 아는 사람이 성우든 진우든 무슨 상관이 있는
가. 그가 한때 드러머였든 의사였든, 그게 나랑 무슨 상관이
있단 말인가. 나는 지금 내 문제만으로도 머리가 터질 듯하다.

*

종이 위에는 글자들뿐이다. 그 까만 글자들 가운데 내 이
름이 있다. 그리고 내가 만들어낸 소설의 제목도. 신기하다.
종이 위에 인쇄된 내 이름을 처음 보는 것일까. 어쩌면 그럴
지도.

내가 보낸 소설의 결과를 확인했다. 내 소설을 읽은 어떤
이가 이렇게 썼다. 문장도 정련돼 있는 편이고 감각이나 사
고, 상상력도 사줄 부분이 많다고. 그런데 재미있게 잘 읽히
기는 하나 도대체 삶의 본질과 맞닿아 있는지 의심이 든다
고. 인간과 사회에 대한 뜨거운 사랑이 약하다고. 독기와 끈
기가 필요하다고.

내가 쓴 소설이 나랑 닮은 모양이다.

나는 본심 세 편 가운데 들었다. 태어나서 처음 쓴 소설치
고 결과가 나쁘지 않다. 하지만 문제 또한 심각하다. 삶의 본

질? 인간과 사회에 대한 뜨거운 사랑? 독기와 끈기? 소설에는, 혹은 소설 쓰는 사람에게는 그런 것이 있어야 하나? 독기와 끈기, 그런 건 애초부터 내게 없는 것 같은데. 소설을 위해 그런 것이 있는 척이라도 해야 하나?

그들은 자신의 기준으로 내 소설을 읽고 나는 내 기준으로 소설을 쓰고. 화해가 불가능할지도 모른다. 그래서 최후의 일인으로 선택되는 일은 없을지도 모른다.

얼마나 무수한 사람들이 그 길을 가려고 애쓰고 있는지, 알게 되었다. 하지만 그래도 나는 된다, 하고 말할 자신은 없다. 내가 얼마나 부족하고 얼마나 더 노력해야 하고 얼마나 더 시간이 걸릴지 알 수 없다. 나는 정말 아는 것이 아무것도 없다, 거기에 대해서라면.

모든 것은 아주 막연한 채로 그것도 멈추어 있다. 다시 움직일 수 있는 동력은 나밖에 아무도 갖고 있지 않다. 이렇게 다짐을 하고, 또 생각하고 고민하고 못 미더워하고 두려워하고 겁내고 조바심치고 그럴 필요 없다. 내가 선택하고 결정짓고 그럴 수 있는 영역만 내가 하면 되지 그다음까지 신경 쓰는 것은 너무 어리석은 일이다.

지금 내가 할 수 있는 일은 계속 쓰면서 좀더 잘 쓰도록 애써보는 것이다. 그리고 그것 외에 지금 내가 무얼 더 할 수 있

겠는가. 그러니까 곧게 길을 걸어가면 되는 것이다. 길 너머
까지 생각하다가는 넘어지는 수가 있다.

나는 내가 포기해버릴까 봐 두렵지만 아마도 그런 일은 없
을 것이다. 나는 소설 쓰는 일이 점점 더 좋아지고 있다. 내
삶에 진로를 바꿀 만한 결정적인 일은 한 번도 없었다. 조금
더 길고 긴 싸움을 벌여야 할지도 모른다.

어딘가 있을 무언가를

표면상으로 나는 더없이 차분했다.
속으로는 아무에게도 인정하지 않았지만,
무언가를 기다리고 있었다.
— 스타니스와프 렘, 『솔라리스』 중에서

*

나는 어떻게 소설가가 되는지 몰랐다. 나에게 가장 중요한 건 소설을 쓰는 일이었다. 소설을 쓸 수 있은 다음에야 소설가가 되는 것 아닌가. 하지만 이제 소설을 쓰는 것과 소설가가 되는 것은 교집합은 있을지언정 똑같은 건 아닐지도 모른다는 생각이 든다. 소설가가 되고 싶었던 것은 아니다. 하지만 소설가가 아닌 채로 소설을 쓰는 걸 언제까지 할 수 있을까. 모르겠다. 모르는 건 너무 많고 아는 것은 딱 하나뿐이다. 나는 소설을 쓰면서 살아 있고 싶다.

소설을 쓰면서 살겠다고 결정하면 삶이 더 복잡해진다. 소설만 쓰면서 살 수 없으니까.

*

오래간만에 찾은 느와르에는 성우가 있었다. 혼자 구석에 처박혀 담배를 피우고 있었다. 성우를 아주 오래간만에 만나는 것이지만 그렇다고 특별한 것도 없었다. 친구인가 뭔가 하는 작자의 걱정과는 달리 성우는 너무나도 멀쩡했고 전과 다름없었다. 우선은 반가운 마음부터 들었다.

"야, 너 오래간만이다."

"왔니?"

성우는 내 쪽을 힐끗 보면서 그렇게 말하고는 긴 담배를 재떨이에 눌러 껐다. 나는 에스프레소를 주문해놓고 성우의 옆자리에 앉았다. 무슨 일인가, 묻고 싶었지만 그러지 않기로 했다. 저렇게 잘 살아 있으면 되는 거지.

오히려 성우인지 진우인지의 친구인가 뭔가 하는 그 남자가 궁금해졌다. 도대체 그는 무슨 의도로 나에게 그런 말을 했을까. 왜 알 수 없는 사진을 내밀면서 진우라는 쌍둥이 형의 존재를 나에게 증명하려 했을까. 말짱한 성우를 보니 오히려 그 남자의 정신 상태가 의심스러워졌다. 처음부터 진우라는 성우의 형은 가공의 인물일지도 모른다. 그럼 그 사진은? 그 정도는 포토샵으로 만들면 되는 거니까. 도대체 그는 무슨 목적으로 그랬을까.

성우가 멀쩡한 걸로 충분했지만 그래도 한마디 안 할 수는 없다.

"너 그동안 어디 있었니?"

"왜, 보고 싶었어?"

"네 친구인지 선배인지가 너 찾더라. 그 사람은 너랑 전혀 딴판이던데."

"그럼, 네 마음에 들었겠구나."

"……."

"왜 너, 나 싫어하잖아."

"알긴 아는구나."

"나도 알지, 너뿐만 아니라 사람들이 날 좋아하지 않는다는 걸. 그리고 가까운 사람들을 불편하게 하고 괴롭히기까지 한다는 걸 알지. 나, 바보는 아니야."

"그 사람은 널 많이 좋아한다던데."

"웃기는군. 그런 얘길 왜 너한테 했지? 또 나에 대해 뭐라 그래?"

"쓸데없는 얘기들이었어. 그 사람 정체가 뭐니?"

"정체? 왜 관심 있니?"

"그럴 리가. 난 그렇게 심심한 종류는 싫어해. 특히 남자는."

"그렇게 과민 반응 보일 필요 없어. 그 선배 의사야. 그것도 꽤 전도유망한 정신과 의사."

"그래."

어쨌든 그가 정신과 의사라는 건 사실인 모양이다. 하지만 한 가지가 사실이라고 나머지도 사실이라는 법은 없는 거 아닌가. 그리고 거짓말을 제대로 하려면 사실과 적절하게 섞어야 한다. 생판 거짓말에는 바보들이나 속는다.

"왜 정신과 의사라니까, 갑자기 밥맛이지?"

"뭐?"

"너 원래 그렇잖아. 세상 사람들이 널 아는 거 싫잖아. 누구에게도 진짜 너를 알려주고 싶지 않지. 아니야?"

"나 원 참, 그거 네 얘기 아냐?"

"그만하자. 이러다 또 싸우겠다."

"잘 생각했어. 이기지 못할 거면 덤비지 않는 게 좋아."

"그래, 안 덤빌게. 너랑 싸울 힘이 지금은 없다."

"그거 유감이군. 오래간만에 몸 좀 푸나 했더니."

"왜 또 유리잔 집어 던지려고?"

아르바이트생이 내가 주문한 에스프레소를 가져왔다. 성우는 그에게 똑같은 걸로 한 잔 더 달라고 주문하고는 손가락으로 이마를 짚었다. 성우의 손가락이 머무는 이마에는 예전에 내가 집어 던진 유리잔에 부딪혀 난 상처가 희미한 흉터로 남아 있었다. 여기서 또 시간이 지난다고 해도 저 흉터는 쉽게 사라지지 않을 것이다.

누군가의 얼굴에 상처를 남기는 것으로 기억하고 기억되는 방법도 있구나, 하는 생각에 씁쓸한 웃음이 났다. 어쩐지 저 얼굴을, 저 흉터 난 이마를 보지 못하게 된다면 서운할 것 같은 생각까지 들었다.

약속하고 만나는 일이 한 번도 없었던 성우와 나의 관계는 시작처럼 희미하게 끝나버릴 것이다. 마지막이 언제인지도 모른 채로. 어쩌면 오늘이 그 마지막 날인지도 모른다.

그렇다고 해도 지금의 나는 그 무엇도 바꾸려 하지 않을 것이다. 그게 나란 아이의 한계란 걸 누구보다 내가 잘 알고 있지만 고쳐지지가 않는다. 아니, 그걸 고쳐야 할 만한 일이 지금까지는 한 번도 없었던 건지도 모른다. 참, 어지간히도 고집스럽게 변하지 않고 잘도 버텼다.

*

오늘은 조금 일찍 일어났다. 어차피 또 자게 될 테지만. 평소 때와는 다른 생활 리듬의 날이다. 마트를 들러서 온 작은오빠 내외는 내가 앞으로 한 달을 이 집 안에 가만히 갇혀 있어도 아무런 불편이 없을 만한 것들을 준비해왔다.

"아가씨, 이거 어디 두면 되지요?"

부엌으로 간 새언니가 내게 물었다. 내가 대답하기도 전에 작은오빠가 부엌으로 가서는 식료품들을 챙겨 냉장고에 넣을 건 넣고 뺄 건 빼고, 그런 식으로 있어야 할 그 자리에 챙겨주었다.

"오빠, 앞으로 이러지 않아도 돼."

작은오빠는 아무 말도 하지 않았다. 물건들을 다 챙겨 넣은 작은오빠는 그래도 잊은 게 있다고 나갔다. 새언니와 나는 아직도 어색하다. 올케와 시누이란 관계는 약간 미묘한 데가 있는 것 같다.

"아가씨, 저 커피 한잔 마시고 싶은데 어쩌지요?"

새언니가 웃으면서 말했다.

"기다리세요."

내가 부엌으로 가서 커피 머신으로 다가가자 새언니가 따라왔다.

"뭐 더 필요한 거 있으세요?"

"그게 아니라, 제가 가만히 앉아 있으면 안 될 것 같아서요."

"새언니답지 않게 왜 그래요. 합리적으로 생각하세요. 여기는 우리 집이고 새언니는 어쨌든 손님이에요. 제가 하는 게 당연하죠. 이런 걸로 공연히 시누이 노릇하게 하지 마세요. 나, 그런 거 별로 안 좋아해요. 생각해봐요. 우리가 만약에 학교 선후배나 회사 선후배 그런 걸로 만났으면 꽤 통하지 않았을까요? 둘 다 꽤나 잘난 체하는 편이잖아요."

"굉장한 라이벌이 됐을지도 모르지요."

"새언니 지는 거 싫어하죠? 목표로 한 거 못 해본 적 없죠?"

새언니는 그냥 웃었다. 무엇이든 할 수 있다는 정신으로 똘똘 뭉친, 그래서 이길 수 있으면 덤벼보라는 자신감으로 충만한 신인류가 내 앞에 있다. 뭘 먹고 어떻게 자라면 저럴 수 있는지 궁금했던 여자였다. 그런데 이제 가끔 그녀도 여자일 때가 있다는, 여자일 수밖에 없어지는 때가 있다는 생각이 든다. 우리 엄마가 말하는, 그런 여자.

"새언니, 그냥 하던 대로 하세요. 시댁 식구라고 눈치 보지 말고 당당하게. 안 어울리는 짓 하면 보는 사람이 더 불편해요.”

작은오빠는 어디까지 갔는지 나타나질 않았다. 일부러 두 여자를 버려두고 간 건가. 설마. 새언니와 나는 커피를 마시면서 계속 시시덕거렸다. 새언니는 처음에 작은오빠를 어떻게 좋아하게 됐으며 작은오빠의 반응이 너무 시큰둥해서 자존심이 상했었다는 얘기며 자기가 먼저 결혼하자는 얘기도 꺼냈다고 하면서 또 이것저것을 털어놓았다.

“아가씨, 오빠랑 저랑 결혼 조건이 뭐였는 줄 알아요?”

“결혼해도 일은 계속한다, 가사 분담은 절반씩 한다, 그런 거요?”

“아니에요. 아이를 갖지 않기로 했어요.”

“뭐예요? 새언니 정말 대단하네요. 그렇게 일이 좋아요? 그렇게 성공하고 싶어요?”

“아니에요. 그건 오빠가 제시한 결혼 조건이었어요. 난 아기 갖고 싶어요. 일이 가져다주는 성공이 아무리 대단하다고 해도 나는 아기가 우선이에요. 둘 중 하나를 선택해야만 한다면 전 아기를 선택하겠어요.”

그럼, 이 얘기는 오빠가 아기보다 중요하다는 얘기가 되는 건가. 새언니가 아주 낯설어 보였다. 저 여자는, 내가 생각해온 저 여자는 저런 식으로 얘기해서는 안 되는 사람이었다. 자신의 일을 사랑하고 그걸 위해서는 다른 건 어찌 되어도 상관없다는 식으로 당당해져도 되는, 그것이 꽤 잘 어울리는 여자였다. 그래야 하는 여자가 사랑하는 남자와 아이를 갖는 게 자신의 삶의 최상의 가치라고, 그래서 다른 건 다 포기할 수 있다는 그런 순진한 얘기를 하고 있단 말인가.

하지만 어쩌면 새언니는 지금 아이를 가질 수 없기 때문에 저런 말을 하고 있는지도 모른다. 가질 수 없는 것의 가치는 가지고 있는 것보다 절실하게 느껴지니까. 작은오빠가 아이를 가지고 일을 포기하라고 했다면 새언니가 저러지 않을지도 모른다는 생각이 문득 들었다. 하지만 그런 말을 새언니에게 하지는 않았다. 가질 수 없는 것에 미쳐 있는 지금은 무슨 말을 해도 제대로 들리지 않을 것 같았다.

그런데 나도 새언니처럼 가질 수 없어서 더 가지고 싶은 건 아닐까. 만약 그렇다면 나는 새언니처럼 굴고 싶지는 않다. 그 하나를 얻기 위해서 나머지는 다 포기하겠다고 아무 상관없다는 식으로 굴지는 않겠다. 나는 본래가 약은 인간이고, 그러니 가장 유리한 지점까지 어찌 되든 나를 끌고 갈 것이다. 그런데 내가 정말 그럴 수 있을까. 나는 조금씩 지금의 내가, 소설과 무방비의 사랑에 빠진 내가 두려워지고 있다.

이미 멈추기에는 너무 늦어버린 건지도 모른다.

"아가씨, 아가씨가 오빠 좀 설득해주세요."

새언니에게 나는 아무것도 약속해줄 수 없었다. 그들이 아이를 갖고 안 갖고의 문제가 내가 설득해서 되고 안 될 그런 문제냐의 차원을 떠나서, 나는 작은오빠는 그럴 수도 있겠다는 생각이 들었다. 그게 제일 먼저 든 생각이었다. 그럴 수도 있겠다. 그 누구도 아닌 나의 작은오빠라견. 작은오빠가 그런 생각을 가졌다면 그걸 가장 잘 이해할 수 있는 사람은 바로 나였다. 가장 사랑하는 것을, 게다가 나를 고스란히 닮은 것을 세상에 내놓아 나처럼 상처받게 하고 싶지 않다. 작은오빠도, 그리고 나도 그랬다.

*

며칠 전 효림에게서 서울의 고모 집이라는 전화를 받았다. 나는 무슨 일이냐고 묻지 않았다. 면접이 아닐까 생각했기 때문이다.

"그냥 우리 집으로 와."

"일이 있어."

효림이 해야 할 일들을 하고 다시 연락하겠다고 했다. 그런데 효림은 면접 때문에 온 것일까. 효림에게 어떤 새로운 일이 일어난 걸까. 나는 내게는 없는 그런 기대를 어느새 효림에게 하고 있었다.

효림은 무슨 일로 왔는지 그동안 무엇을 했는지 말하지 않았다. 나도 묻지 않았다. 우리는 카페에서 커피를 마시며 서로 얼굴만 바라보며 공허한 이야기를 늘어놓고 있다.

"우리 엄마 말대로라면 사람들은 다 전생에 죄를 지었대. 그래서 살아 있는 내내 갈등하고 고민하고 방황해야 한대."

내가 그렇게 말하니까 효림은 그냥 웃었다. 긍정인지, 부정인지 알 수 없는 그런 웃음.

"우리 엄마처럼 운명론자면, 어차피 그럴 수밖에 없는 거라고 여기는 사람은 차라리 행복할거야."

"그러면 우린 이 세상에 사람으로 태어나 그 무거운 죗값을 치렀으니 다음 세상에는 무엇으로 태어나는 거니? 사람이 아닌 다른 게 되는 거니?"

물기라곤 없는 탁한 목소리로 효림이 물었다.

"넌 무엇이 되고 싶어? 또 사람으로 태어나고 싶니?"

내 질문에 효림은 대답하지 않았다. 그래서 내가 먼저 말했다.

"난 아니야. 안 태어났으면 좋겠지만 꼭 다시 태어나야만 한다면 다음 세상에 개로 태어나면 좋겠어."

개로 태어났으면 좋겠다는 내 대답에 효림은 인상을 썼다.

"애완견으로 태어났으면 좋겠어. 주인이 결정한 대로 살면서 주인이 주는 음식 먹고 주인한테 재롱이나 떨고 사랑받는 것이 전부인 개로 태어났으면 좋겠어. 아주 비싼 족보 있는 개라서 칭송받으면 더 좋고. 무엇보다 수명이 인간보다 훨씬 짧잖아."

"그러면 난 물고기로 하겠어."

아까보다는 한층 물기가 돌아온 목소리로 효림이 말했다.

"왜?"

"물고기는 기억력이 없어서 돌아서면 바로 잊어버린대. 그래서 그 좁은 어항 속 세상도 매일매일 새롭대."

그렇게 말해놓고는 효림이 창밖을 바라보았다. 그렇게 힘드니? 우린 왜 이렇게 힘들지. 기회라 여겼던 그 모든 것이 함정일지도 모른다는 두려움. 생이 우리에게 사기를 친 느낌. 모든 것이 될 듯 될 듯 그렇게 비켜 지나며 우리를 더 지치게 했을 뿐.

여전히 무능력한 인간들은 애완견이거나 물고기이다. 돈

과 권력을 쥔 누군가의 동정을 구걸하거나 불공평한 현재와 똑같은 하루하루를 끊임없이 기억에서 지워버려야 한다. 사람들은 세상이 달라졌다고 말한다. 누구나 똑같이 배울 기회가 있고 원하기만 하면 능력을 발휘하며 살 수 있다고. 하지만 틀렸다. 가진 자가 모두 고르고 나면 못 가진 자가 고른다. 어릴 때 큰오빠가 고르고 나서야 작은오빠나 나에게 기회가 왔던 것처럼. 그게 당연했던 것처럼. 우리는 모두 그런 걸 당연하다 여기며 살아왔다. 이건 좀 이상해, 불공평해, 하면서도 어쩔 수가 없었다. 우린 힘이 없었다. 그리고 아직도 우린 힘이 없다.

한동안 창밖만 바라보던 효림이 말했다.

"엄마를 만났어."

나는 가만히 효림이 다음 이야기를 하거나 다른 이야기를 하기를 기다렸다. 무엇이든 상관없었다.

"그 사람에게 내 취직을 말해보겠다고 했어."

그 사람은 엄마의 현재 남편일 것이다.

"나는 그럴 필요 없다고 했어. 그리고 우리는 할 말이 없어졌어. 엄마는 고모를 통해 내 이야기를 들었겠지. 내가 고모를 통해 엄마나 그 가족 이야기를 듣는 것처럼. 나는 엄마한테도 그 남자한테도 동정받고 싶지 않아. 절대로 그 사람들에게는 동정받고 싶지 않아."

언젠가 효림이 이야기한 적이 있다. 고모와 엄마는 우리처럼 어릴 때부터 친구였다고. 고모는 엄마가 부잣집에 새로 시집가서 몸은 편할지 몰라도 마음은 불편할 거라고 했단다. 엄마가 키운 그 남자의 아들과 딸은 효림이 너하고는 달라서 공부를 못한다고. 대학도 떨어지고 돈으로 외국 대학에 보낸다고. 그때 효림은 말했다. 내가 이겨야 할 상대는 우리 엄마가 키운 그 사람들이 아니고 내가 싸워야 할 상대도 그들이 아니라고.

"아무 말 없이 있던 엄마가 돈을 주겠다고 했어. 나는 필요 없다고 했어. 엄마랑 나는 아무 상관도 없는 사람이라고 생각했는데 그건 아니었나 봐. 모르겠어. 그 돈이 얼마든 면죄부를 주고 싶지 않다는 생각이 들었어. 엄마는 어디든지 가서 나 하고 싶은 것을 하라고 했어. 그 돈으로. 이상하다고 생각했어. 나는 돈이 없어서 이러고 있는 걸까? 나는 아니라고 생각했어. 한 번도 그런 생각 해본 적 없었어. 내가 이러고 있는 건 내가 책임져야 할 사람들이 있기 때문이야. 지켜줘야 할 사람들이 있고, 지킬 약속이 있다고. 아무도 나한테 그걸 기대하지 않아도 나는 할 거야."

나는 그게 뭐냐고도 어떻게 그걸 할 거냐고도 묻지 않았다. 그게 뭔지, 어떻게 할 건지는 나도 모르지만 알 것 같았다. 누군가의 기대, 나에 대한 희망, 막연하지만 도착하게 되면 알게 될 그 무엇. 어딘가 있을 무언가.

우리는 어딘가 있을 무언가를 아직 찾고 있다.

효림의 불안한 목소리에서 나를 느낀다. 내게서 느끼는 그 모호한 불안이 효림에게서는 보다 분명한 형태로 감지된다. 타인에게 말하기 위해서, 표현하기 위해서는 그럴 수밖에 없는 거니까. 지나간 세월에서 남은 희망을 뒤적거리고 현재의 시간을 조금씩 흘려보내고, 그 과거와 또 미래 사이에서 저울을 달고 있다. 우리가 떠올리고 있는 단어는 타협일 것이다. 아직 포기할 단계는 아니니까.

"미안해."

효림은 맨 처음 비밀을 고백했던 때처럼 말했다.

"뭐가 미안해? 나 아니면 누구한테 이런 얘기 하니?"

"그래, 그럼 너도 이야기해봐."

"뭘?"

효림은 반짝이는 눈으로 한참 나를 쳐다보더니 미소를 띠며 말했다.

"소설은 어떻게 됐어?"

"안 됐어."

나는 본심 세 편에 들었다는 이야기와 심사평을 효림에게 들려주었다.

"진짜…… 나는 네가 해낼 줄 알았어."

"아니야."

"이제 시작이잖아. 시작치고 너무 대단한 거 아니야? 그리고 어쨌든 소설을 완성한 거잖아. 어떤 이야기야? 보고 싶다."

조금 전까지 풀 죽어 세상 그만 살 것 같은 얼굴을 하고 있던 우리 둘은 옆 테이블에서 돌아볼 정도로 큰 소리로 떠들고 있었다.

"그날 너랑 얘기하면서 내가 어떤 사람이 되고 싶어 했던가 생각해봤어. 세상이 내게 줄 것 같은 일 말고 내가 원하는 일을 생각해봤어."

효림이 말했다.

"결론이 나왔니?"

"아니, 아직 생각 중이야."

"……."

"알게 되면 너에게 제일 먼저 말하게 될 거야."

여전히 우리는 젊고 아직도 못 해본 일이 많다. 분명한 것은 내가 오로지 내 힘만으로 해낼 수 있는 것, 그리고 기회란 것이 주어질 때 최선을 다해야만 얻을 수 있는 것, 또는 행운이랄 것이 따라주어야 할 것들, 그 모든 것을 절대 놓칠 수 없다는 것이다.

*

한 명이거나 하나만을 원한다. 경쟁률은 수백 대 일. 절대적인 기준은 없다. 나는 이 불공정한 문을 통과해야만 한다. 무작위로 선택된 듯한 인간이라는 모호한 개체를 통과하는 데는 실력뿐만 아니라 행운이 필요하다. 이 세계는 정답도 없고, 취향이 지배하는 듯하지만, 정확한 기준은 없다. 이 문은 아주 공정하거나 아주 불공평하다.

나는 공부를 못했다. 내가 할 수 있는 것보다 열심히 하지 않았다는 점에서. 나는 공부를 잘했다. 내가 한 것보다 성적이 좋았다는 점에서. 학교 때 공부뿐 아니라 살면서 나는 늘 그랬던 것 같다. 한 것보다 많이 얻었고, 할 수 있는 것만큼 하지 않았다.

그러나 소설을 쓰는 지금의 나는 다르다. 그리고 점점 더 달라질 것이다. 어떻게든 될 거라는 생각에는 변함이 없다. 언젠가는 이 무한정의 근거 없는 믿음이 사실로 증명될 것이다. 모두가 그럴싸한 나를 생각하고 있다면 적어도 내 안에는 그 가능성이 있다. 그리고 나는 그들의 가능성을 내가 믿는 나로 집중시킬 것이다. 나는 나를 믿는다. 나 자신의 꿈이 되는 것. 그것이 바로 내 꿈이다.

*

역이라는 효림의 전화를 받고 사흘이 지났다.

"엄마가 결국 그 통장을 나한테 주네. 그렇게 해서 당신 마음이 편해진다면 그렇게 하라고 했어. 그런데 있잖아."
"응."
"통장이 하나가 아니야. 너무 많아. 돈이 너무 많은 게 아니고 너무 오래오래, 그래서 많아. 무엇이든 될 수는 없지만. 어디든 갈 수 있을……."
효림의 말은 문장이 되지 못하고 거기서 멈추었다. 울고 있는 걸까. 역에서 그 많은 사람 속에서 혼자. 나는 귀를 기울였지만 울음소리도 웃음소리도 이야기도 더 이상 들리지 않았다. 그리고 아주 멀리서 몇 개의 단어들이 툭툭 떨어졌다.

끊기지 않은 전화에서는 침묵과 나란히 소음이 들렸다. 나는 생각했다. 만나본 적 없는 효림의 엄마. 내가 내 인생 반을 효림과 함께 해오면서 두 번이나 세 번밖에 들어본 적 없는 여자를. 그 이야기 속에서 주인공이나 악역만 맡았던 여자를. 그리고 그 여자의 일기장 같은 통장을. 효림의 할머니 말대로라면 다른 여자가 낳은 아이를 키우면서 벌 받는 여자가 쓴 일기장을. 자신의 힘으로 돈을 벌어본 적 없고 남편이 주는 생활비로 사는 여자가 차곡차곡 쓴 페이지들을.

"승아야."

"응, 효림아."

"너 아프리카에 가고 싶다고 했었지."

"……."

"남아프리카공화국에는 두 개의 사파리 기차가 있대. 블루 트레인과 로보스 레일. 이 두 기차는 아프리카 대륙의 남쪽 끝인 케이프타운에서 남아공의 수도인 프리토리아를 거쳐 우간다, 케냐, 탄자니아 국경의 인접지인 동아프리카 빅토리아 폭포까지의 같은 구간을 달리는데 성격은 다르대. 국철인

블루 트레인은 완벽한 현대적 편리함과 시속 120킬로미터의 스피드를, 사철인 로보스 레일은 옛 증기선 방식으로 칙칙폭폭 달리는 추억과 낭만을 느낄 수 있대.”

그걸 어떻게 다 외우느냐고 묻지 않았다. 누군가를 위해 무언가를 기억하는 것, 기억하게 되는 것을 나도 알고 있다. 지금 이 순간을 내가 영원히 기억하게 되리라는 것을 아는 것처럼.

“내가 이 열차가 아닌 다른 열차를 타면 어떻게 될까?”

효림은 그렇게 말하고는 전화를 끊었다.

효림은 집으로 돌아갔을까. 나는 전화 한 통이면, 문자 한 통이면 확인될 사실을 자꾸만 미룬다. 효림이 혹시 집이 아닌 다른 곳으로 가지 않았을까.

집으로 가는 열차표를 물리고 금방 떠나는 다른 열차표로 바꾸어, 생각할 겨를도 없이 열차에 몸을 실어버리는 효림의 모습을 상상한다. 효림은 한 번도 가보지 않은 곳으로, 아무도 자신을 모르는 그런 곳으로 가버렸다. 어느 날 그곳에서 효림은 내게 전화를 걸거나 편지를 쓸지도 모른다.

하지만 내가 아는 착한 효림이라면 당연히 집으로 무사히 돌아갔을 것이다.

*

나의 통장을 생각했다. 소설을 쓰면서 살고 싶다면 아마도 생계를 위한 다른 일을 하는 것이 불가피할 것이다. 돈을 벌기 위해서 일을 해야 한다는 것이 그리 걱정이 되지는 않는다. 전에는 내가 그러고 있다는 사실을 깨닫지 못했을 뿐이지 돌이켜보면 나는 오직 돈을 벌기 위해서만 일을 했었다. 그래서 그 돈은 아주 쉽게 쓰였지만, 나는 한 번도 내가 낭비를 한다고 생각한 적 없었고, 그렇게 하기 싫은 일을 하는 대가로는 늘 너무 적은 돈이라고 생각했었다.

그러나 이제 나는 혼자서 살아가기에 그리 많은 돈이 필요하지는 않을 거라고 생각하기 시작했다. 소설을 쓰면서 나는 쓸데없는 물건을 사는 일도 없어졌고 사람들을 만나서 허황되게 노는 일도 없어졌다. 내가 살면서 하고 싶은 일이 분명해지면서 나에게 필요한 것들도 정리가 되고 있다.

하지만 여전히, 아는 것과 사는 일은 다를지도 모른다. 내가 믿는 것처럼 될 수 없을 수도 있고, 내가 아는 것처럼 살 수 없을지도 모른다.

*

휴대폰 벨이 울렸다.

"저, 진우 친굽니다."

"아, 네. 성우 친구요."

나는 내가 그동안 알아온 것들을, 알지도 못하는 남자 말만 믿고 수정할 생각이 없다. 그가 꽤 그럴듯해 보이기는 했지만. 그런데 그는 무슨 목적으로 내게 그런 거짓말을 한 걸까. 뭐 특별한 이유가 있겠는가. 심심하고 무료했을 수도 있고, 어쩌면 스스로는 정말 그렇게 믿고 있는지도 모른다. 중요한 건 그가 알려주고 싶어 하는 진실이라는 것이 나와 아무런 상관이 없다는 거다.

그 남자는 할 말이 있으니 시간을 좀 내달라고 했다. 꽤 정중한 요청이어서 거절할 수가 없었다. 느와르에서 만나기로 약속을 했다. 할 일도 없고 해서 약속 시간보다 일찍 나가 혼자 커피를 마셨다.

"고민 있어요?"

역시나 약속 시간보다 십 분은 일찍 온 그가 자리에 앉으면서 물었다.

"네."

거짓말하고 싶지 않았다. 아니, 거짓말을 할 여력이 없었다.

"무슨 고민인데요?"

"일단, 배워야 할까요?"

"뭘요?"

"소설 쓰는 것."

"충분해요."

"……."

"당신은 예술가가 되려는 거지, 기술자가 되려는 건 아니잖아요."

나는 무엇이 되려는 것일까? 어떻게 살고 싶은 것일까? 뜻대로 되어준 건 아무것도 없었다. 이제는 불평을 중얼거릴 힘조차 없다. 이러다가 머지않아 항복할지도 모른다. 그렇게 되면 나를 용서할 수 있을까.

"승아 씨, 저번에 탈출하고 싶다고 하셨죠?"

자신의 커피가 테이블에 놓이자마자 그가 말했다.

"아직도 그 마음이 유효하신가요? 난 승아 씨에게 다른 식의 탈출을 제안하고 싶군요. 그것이 불법이라면 이건 합법이죠. 난 승아 씨를 도와줄 수 있어요. 왜 누구의 도움도 받지 않으려는 거죠? 이 세상에 혼자서 할 수 있는 일이 있을까요?"

그가 무슨 이야기를 하고 있는지 알 수가 없어서 나는 아무 대꾸도 할 수 없었다.

"우리 결혼합시다."

"네에?"

그가 다시 또박또박 말했다.

"지금 저와 결혼하는 것이 어떤지 묻고 있는 겁니다."

이런 식으로 청혼을 받게 될 줄은 몰랐다. 편리나 이익을 위해 나도 결혼을 선택할 수는 있다. 이를테면 돈을 벌어다 줄 남자라든가, 늙으신 부모님의 걱정을 잠시나마 덜어줄 수 있는 그럴듯한 남자라든가, 없는 것보다는 있는 것이 나을지 모를 그런 것을 위해. 독립적이지 못하다고? 그러나 독립적이 되어서 나에게 돌아오는 건 이중의 짐일 뿐이다. 조금도 양심의 가책이 느껴지지 않을 만한, 아주 싸가지 밥 말아 먹은 인간이랑 결혼해야겠다고 생각한 적도 있었다. 그 인간이 날 때부터 세상에서 받은 온갖 혜택을 내가 마구 소비해주겠다고 생각했었다. 그러므로 사랑은 결혼의 조건도 기준도 될 수 없다. 그렇지만 막상 그런 기회가 오자 나는 이렇게밖에 물을 수 없다.

"저를 사랑하나요?"

사랑을 이야기하는 나를 보면서 그는 미소를 지었다. 저

미소의 의미는 무엇일까?

"예."

그는 미소를 띤 채 조금의 틈도 없이 그렇게 대답했다. 저 확고한 눈빛. 어떻게 저렇게 자신의 마음에 대해 확신할 수 있을까.

"어떻게요? 어떻게 나를 사랑할 수가 있죠? 나에 대해 뭘 알고 있죠?"

"아는 것과 사랑하는 것은 다른 겁니다. 그리고 저는 지금 제가 승아 씨에 대해 아는 것만으로도 충분히 결혼할 수 있다고 생각합니다."

성우인지 진우인지가 아니라 이 남자야말로 제정신이 아닐지도 모른다는 생각이 들었다. 도대체 왜 결혼하자는 걸까. 하긴 결혼이 뭐 그리 대단한 건 아니지. 이 세상의 모든 일처럼, 아니면 언제든 그만둘 수 있는 거니까. 나답게 즉흥적으로, 아주 나답게 가볍게 생각해볼까.

"상대방의 전부를 알고 싶다는 말은 진심이 아닐 경우가 더 많습니다. 사람들은 알고 싶은 것만 알려고 하고 믿고 싶은 것만 믿죠. 그러는 게 더 마음이 편하거든요."

나는 내게 청혼한 남자를 똑바로 쳐다보았다. 하지만 이 남자는 영감을 불러올 타입도, 함께 놀기 좋은 상대도, 고귀

한 정신을 가진 사람도, 그렇다고 섹스 상대로도 그리 좋을 것 같아 보이지 않다. 다만 그럴듯한 사회적 지위와 너그러운 태도만이 그런대로 참아줄 만한 것이다. 그러나 나는 그런 사회적 지위나 너그러운 태도에 혹하는 타입이 아니고, 그런 상대는 구하려고만 한다면 이 남자 말고도 또 있을 것이다.

중요한 건 그게 아니다. 어쩌면 나는 조건 앞에서는 사랑을, 사랑 앞에서 조건을 핑계 대는 그런 회피주의자인지도 모른다. 나는 둘이 하나가 되는 새로운 가족을 만들기 싫은 것이다. 지금 있는 가족만으로도 나는 충분히 제한받고 있다. 체면을 죽음보다 중시하면서도 자식을 위해서라면 기꺼이 무릎 꿇을 수 있는 아버지나, 가족을 위해서라면 불구덩이에라도 기꺼이 뛰어들 목숨 건 사랑을 하는 엄마나, 얄밉도록 논리적이면서도 부모님을 생각하면 언제나 멈칫거리는 큰오빠나, 가족에게 부끄럽지 않은 사람이 되려고 꿈을 포기한 작은오빠.

"이대로 결혼할 수는 없어요."

"거절의 뜻으로 받아들여야 하나요? 그래도 기다리죠."

저 남자와는 어떤 상상도 할 수 없을 것 같다. 어떤 모험도 없을 것 같다. 그래서 지루하고 권태로울 것만 할 것 같다. 나는 그런 거 싫다. 그러나 내게도 탈출구나 비상구 혹은 에어백 정도는 필요한 거 아닌가. 나는 그 남자를 두고 그런 쪽으로 생각해보기로 했다. 나답게 이기적으로. 기다린다고 하지 않는가. 언제까지일지는 모르지만.

*

새벽 세 시 사십오 분. 잠이 오는 건지, 안 오는 건지. 그저 나른하고 어지럽고 그런 상태. 목구멍에서 기어올라오는 구토. 머릿속이 잔뜩 엉클어진 방같이 산만하다. 슬픔도, 기쁨도 날아가버리지 않고 찐득하니 눌어붙어 산뜻하질 않다.

사람들은 헤아릴 수 없는 시간을 나누고 거기에 의미를 부여한다. 스물일곱. 서른도 되지 않았다. 서른이 얼마 남지 않았다. 반이 차 있는 물잔을 바라보면서 아직 반이나 남았어, 하고 말하거나 반밖에 남지 않았어, 하고 말하는 것처럼. 나는 어느 쪽일까.

서른 살까지 진짜 나는 어떤 사람일까를 생각하고 뒤적거리고 있을 여유를 가진 사람도 많지는 않을 것이고, 서른 살에 내가 이런 사람이다, 하고 확고히 말할 수 있게 되기도 쉽지는 않을 것이다.

스물여섯이 되면서 포기가 시작되었다고 말한 친구가 있었다. 백수 이 년차, 포기할까, 말까, 망설였다고. 스물여섯에 포기 쪽으로 기우는 마음을 추스르며 마침내 스물일곱 살을 눈앞에 두게 되었을 때 포기할 수밖에 없었다고. 재수를 한 그녀는 나보다도 나이가 많았다. 그녀는 나에게 넌 모르겠지만 난 실패를 해봐서 그게 어떤 건지 안다고 말했다. 빨리 포기하지 않으면 더 내주어야 할 것이 생길 수도 있다고 그녀는 말했다.

그녀가 내게 하는 말이 무슨 뜻인지 모르지 않았다. 엄마가 내게 말하듯 중매로 하는 결혼이 가판에 생선을 내놓고 파는 것과 그리 다르지 않은 거라면 좀더 싱싱한 생선이 더 비싼 값에 팔리는 것이 당연할 테니까. 그리고 그 비싼 값은 남은 인생의 수준을 결정지을 테니까. 부모의 재력처럼 남편의 재력이 나의 능력이 되는 세계. 하지만 화려한 싱글 커리어우먼을 꿈꾸던 내 친구의 돌변이 내게는 당황스러웠다.

싱싱할 때 자신을 팔아넘기려고 추운 십이월에 하얀 웨딩드레스를 입고 신부가 되었던 친구는 내게 말했다.

"형기를 마치고 감옥의 철문을 나오고 맞는 새벽 같아. 전과자라는 낙인이 찍힌 것처럼 나도 실패자로서의 상처는 가지고 있겠지. 그렇다고 새로 시작할 수 없는 건 아니잖아."

"넌 행복해질 거야."

나는 그녀에게 그렇게 말해주었다.

나에게 결혼은 탈출이 아니다. 다른 무엇이 되고 싶은 나에게는 패배와 다를 바 없다. 나는 이제 겸손을 배웠고 치욕도 감내했고 아무 소리도 내지 않고 화도 삭이고 죽은 듯이 살고 있으니까 형벌은 곧 끝나겠지. 탈옥이 불가능하면 형기를 마치고 천천히 정문으로 걸어 나오면 되는 걸 테니까. 지나치게 걱정하지는 말자. 감옥 안에서도 세월은 가니까. 세월이 가면 나도 여기 아닌 어딘가에 있을 테니까.

하드보일드 러브 스토리

사랑이 우리를 실망시킨다 해도,
사랑이 우리를 실망시키지만,
사랑이 우리를 실망시키기 때문에,
사랑은 우리의 유일한 희망이다.
— 줄리언 반스, 『10.1/2장으로 쓴 세계 역사』 중에서

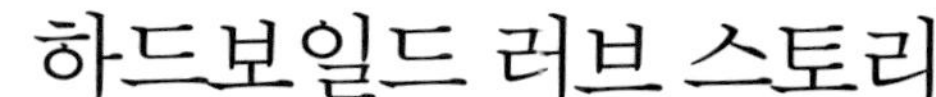

*

　며칠 전부터 이 다큐멘터리를 보려고 기다렸다. 텔레비전 화면 아래로 예고 자막이 흘러갔다. 2미터가 넘는 기린을 사랑하는 사자. 그래서 오늘 이 시간을 기다렸다.

　그러나 나는 다큐멘터리가 시작되고 십 분도 되지 않아 텔레비전을 껐다.

　나는 잘못 본 것이다. 2미터가 넘는 기린을 사랑하는 사자가 아니라 2미터가 넘는 기린을 사냥하는 사자였다. 기린과 사자. 사랑과 사냥. 무엇이 나로 하여금 사냥을 사랑으로 읽게 만들었을까. 내가 하고 싶은 건 사랑인가, 사냥인가. 내가 해야 하는 건 사랑일까, 사냥일까.

*

새언니가 해외 출장을 갔다. 그래서 작은오빠와 오래간만에 둘이서 있다. 결혼한 이후로 정말 젓가락처럼 작은오빠 부부는 함께 움직였다. 언제나 둘이서 같이 내 집으로 왔고, 밖에서 만나도 둘은 항상 같이 나왔다.

"오빠, 나 결혼할까?"

"그렇게 집으로 내려가기 싫은 거니? 엄마한테 얘기하면 당분간 도와주실 거야. 그게 싫으면 내가 도와줄게."

작은오빠는 내 얼굴을 한참 바라보다가 말했다.

"아니, 그게 아니고."

그렇게 말하긴 했지만 내게 결혼의 첫번째 의미는 집으로, 가족에게로 다시 돌아가지 않음이었다. 그런 이유로 결혼이라는 걸 해도 될까.

"이게 죽도록 하기 싫어 저걸 하고 언제까지 그렇게 피하면서 살 거니?"

피하면서 살고 있다고? 그럴지도 모른다. 나 자신에 대해서는 지나치게 영악한 구석이 있었던 나는 내가 이렇게 쉽게 나가떨어지고 말 것을 알고, 그동안 간절히 원하는 그 무엇이 삶에 반드시 있어야만 하는 건 아니라고 우겨왔던 것인지도 모른다.

"승아야, 어릴 때 형 프라모델이 부서졌던 것 기억나니? 형이 내가 그랬다고 막 난리 부리고 그랬었지. 할아버지도, 할머니도, 심지어는 며칠 뒤에 돌아오신 어머니도 내가 그랬다고 생각했고 형한테 잘못했다고 사과하라고 그랬지. 그때 네가 작은오빠는 절대로 그럴 사람 아니라고 말했지. 아무도 날 안 믿어주는데 너는 끝까지 날 믿어줬어."

"난 기억 안 나는데."

"그래, 너는 기억 못 하겠지. 그때 생각했어. 너한테 부끄럽지 않은 오빠가 되어야겠다고. 너한테 뭐든 내 힘으로 해줄 수 있는 그런 오빠가 되어야겠다고."

작은오빠가 아직도 기억하고 있는 그 일을 나도 기억했다. 큰오빠가 몇 달을 걸려 만들었던 탱크와 군함, 헬리콥터가 바닥으로 떨어져 산산조각이 났다. 큰오빠는 물론 할머니, 할아버지, 어머니까지 모조리 작은오빠가 그랬을 거라고 생각했다. 그런데 나 혼자서만 작은오빠가 안 했다면 안 한 거지, 다들 왜 그러느냐고, 작은오빠의 편을 들었다.

그건 그럴 수밖에 없었다. 왜냐하면 그걸 망가뜨린 사람은 나였다. 그것도 실수가 아니고 고의였다. 작은오빠나 나는 손도 못 대게 하는 것, 그것을 만드는 동안 내내 잘못하면 큰

일 난다고 조심시켰던 것. 그때 내 눈에는 우리보다도 그것들이 큰오빠에게 더 중요해 보였다. 무슨 일이었는지 이제는 기억조차 나지 않는 일로, 아니 그동안 쌓여왔던 불만 때문에 나는 큰오빠가 제일 소중하게 여기는, 그가 만든 세계를 부숴버린 것이다.

하지만 나는 작은오빠에게 아직까지도, 그리고 지금 이 순간에도 그때 내가 그랬다고 말하진 않았다. 물론 나는 그때도, 지금도 사람들이 흔히 말하는 양심의 가책이란 걸 느낀다. 내가 고백을 하면 아마도 그 짐을 덜게는 될 것이다. 하지만 그래서 잃게 되는 것이 또 있을지도 모른다. 작은오빠는 이해하고 아마 충분히 용서해줄 테지만 이제껏 작은오빠를 지탱해왔던 믿음 하나를 잃게 될지도 모른다.

이제 그만 가봐야겠다고 일어서면서 작은오빠는 나에게 작은 상자 하나를 주었다.

"이게 뭐야?"

"비타민."

"너 요즘 얼굴색이 안 좋은 거 같아서."

"나 약 먹는 거 싫어하는 거 알면서."

"그래도 그건 괜찮을 거야."

작은오빠가 가고 나서 나는 그 상자의 포장지를 벗겼다.

하늘색, 분홍색, 노란색, 연두색의 갖가지 동물 모양을 한 비타민. 어린아이들이나 먹는 그런 비타민. 뭐라고 하고 이런 걸 산 걸까. 나는 웃었다. 그런데 자꾸 눈물이 난다.

*

아주 가까운 사람들에게는 언제까지나 나는 이런 나일까. 지금의 이 무기력한 시간들도 그리워할 수 있을까. 그래서 나는 젊고 아름다웠으며 행복했었다고 웃으며 말할 수 있을까. 그렇게 될 수 있을까. 아니, 차라리 잊을 수 있을까. 그렇게 숨죽이며 힘겨웠던 시절은 없었다고, 그랬었던 적은 없었던 것처럼 잊어버릴 수 있을까.

지금 이 시간에 최선이라는 것을 다하고 내가 될 수 있는 나를 절대 포기하지 않는다면 나는 그런대로 괜찮은 인간으로 살아갈 수 있을까.

*

아직도 나는 합의가 끝나지 않았다.
협상은 여전히 진행 중이다.

*

　오래간만에 간 느와르에는 반가운, 아니 반갑지 않은 얼굴
이 있었다. 성우였다. 모른 척해버릴까, 순간적으로 그런 생
각을 했다. 그건 일종의 곤란함이었고, 그건 명백히 성우 때
문이 아니라 성우의 친구라는 그 작자 때문이었다. 그런데
그 작자는 아직도 청혼에 대한 내 대답을 기다리고 있을까.
　"어이, 윤승아."
　"왜?"
　"왜 피해?"
　"피하다니? 누가?"
　"지금 나를 발견하고 너, 약 삼 초, 아니 오 초간 망설이다
가 지나쳐 가려고 했잖아."
　하는 수 없이 나는 성우의 옆에 앉았다. 약간 민망하기도 하

고 또 곤란하기도 해서 멍하니 성우의 앞에 놓인 메모지에 시선을 두었다. 거기에는 알아보기 힘든 글씨로 가지고 가야 할 것, 버리고 가야 할 것, 정리해야 할 것, 그렇게 쓰여 있었다.

"뭐 하는 거야?"

"어?"

"가지고 가야 할 것, 버리고 가야 할 것, 정리해야 할 것……너, 어디 가니?"

성우의 낙서를 가리키며 내가 물었다.

"왜 남의 진지한 기록을 보고 그래?"

"어련하시겠다. 제목만 있고 내용도 없는데, 이게 진지해?"

"얼마나 진지하게 고민하고 있으면 아직도 내용이 없겠냐?"

"진짜 무슨 일 있어?"

"진짜 어디로 갈까 해서."

남의 일에 무슨 상관이냐며 짜증을 부릴 거라 생각했던 성우가 의외로 순순히 대답을 했다.

"어디? 멀리?"

"멀리."

"정말?"

"돌아다니다가 어디선가 네가 있을 곳은 여기며 네가 할 일은 바로 이것이니라, 하는 목소리가 들리기를 기대하는 거지. 그런 곳에서 영원히 있을까 해."

성우는 장난스럽게 말했다. 하지만 나는 그것이 성우의 진심이라는 걸 알고 있다. 우린 그렇다. 정말 마음속 깊이 담겨진 이야기는 더 농담처럼 얘기한다.

"부러운데."

"정말?"

"풍경, 소리, 냄새가 다른 곳에서 산다는 거 새로 태어나는 기분일 거야."

"새로 태어나는 기분이라. 너, 이상한 소리 하는구나. 너답지 않아. 적어도 넌 새로 태어나고 싶다든가 하는 맥 빠진 소리 평생 안 할 것 같은 사람처럼 보였는데. 너도 가고 싶으면, 같이 가자."

"뭐?"

"그렇게 부러우면 너도 같이 가자고? 너도 떠나면 되는 거잖아. 간단한 거 가지고 왜 그렇게 힘 빼냐?"

"난 너처럼 단순하질 않아."

"알아, 너 복잡한 거. 왜 정리해야 할 게 그렇게 많아? 버리고 가야 하는 것이 생길까 봐, 두려워?"

　포기해야 하는 것들이 분명 있을 것이다. 하지만 행운이란 것이 어느 날 느닷없이 찾아오는 것이 아니고 아주 특별히 운 좋은 그 사람은 내가 아니다. 이젠 그런 것들이 점점 더 확실해지고 있다.

“떠나는 것보다 머무는 것이 안전하지 않을까 해서.”

“안전이라고 했니?”

“그래.”

“오늘 뭐 잘못 먹기라도 했어?”

“왜 또 시비야?”

“안 어울리는 소리를 하니까 그렇지. 남들처럼 안전하게 살고 싶었다면 처음부터 방향을 잘못 잡은 거 아냐? 성질 조금만 죽이면 그런대로 괜찮은 직장에서 안전하게 돈 벌면서 살 수도 있고. 그래, 너 정도면 꽤 괜찮은 남자를 만나서 충분히 편안하게 살 수도 있잖아.”

“그래서 나도 그래 볼까 해.”

“뭐?”

“결혼할까 한다고.”

“네가 결혼을 한다고?”

“누구하고 하는지 안 궁금하니?”

“사람하고 하겠지. 사람 외에 다른 거랑 결혼하는 사람 아직 못 봤으니까. 그런데 너라면 어쩐지 사람 아닌 다른 거랑 할 거 같은 생각도 드는데.”

“…….”

“그런데 어쩌자고 그딴 걸 할 생각이 들었니?”

“다른 건 할 게 없기도 하고, 마땅한 희생자가 제 발로 순순히 나서기도 하고 해서 한번 해보는 게 어떨까 생각해본 거야. 일종의 타협 같은 거지. 괜찮은 해결책 같지 않니?”

“너의 말대로 결혼이 그런 타협이라면 내가 너의 그 타협의 희생자가 되는 건 어떻겠어?”

“뭐?”

“손해 보는 짓이라고 말하고 싶은 거니? 그렇지만 손해는 아니야. 왜냐하면 어차피 누군가와 타협하고 일종의 희생 같은 걸 해야 한다면 적어도 마음에 드는 상대와 하는 것이 낫지 않겠어?”

성우까지 이런 식으로 나오다니 정말 다들 미쳤군. 이 세상 모든 사람을 기만하고도 눈 깜짝하지 않을 자신이 있는 나였지만 적어도 성우에게는 그래선 안 될 것 같았다. 왜냐하면, 그건 그래, 솔직히 인정하자. 성우에게 내가 그런 것처럼 나도 성우가 마음에 들었다.

“솔직히 말하겠어. 나는 그렇게 바람직한 타입이 아니야.

네가 생각하는 것처럼 나는 용감하지도 않고 씩씩하지도 않
고 어쩌면 이 세상의 평균적인 여자들보다 훨씬 의존적일지
도 몰라. 그리고 무엇보다 아주아주 이기적이지.”

“이미 아는 얘기야.”

“아는 얘기라고? 넌 사태를 아주 단순하게 보고 있는데. 네
가 조금 전에 한 것이 청혼 비슷한 것이라면 말이야, 넌 나를
제대로 볼 필요가 있어. 난 좋은 파트너가 되지 못해. 누구보
다 내가 잘 알아. 네가 내 친구이기 때문에 특별히 알려주는
거야.”

“고마워, 친구. 하지만 어쨌든 내 제안도 고려해줬으면 좋
겠어. 그리고 친구가 솔직히 나오니까 나도 솔직히 말하겠는
데 결혼이 뭐 그리 대단한 거냐? 그냥 이렇게 마주 보고 계
속 투닥거리면서 한세상 살아보는 것도 재미있을 거 같지 않
냐?”

“그럼, 어디 한번 생각해볼까.”

성우의 친구라는 작자의 경우와 마찬가지로 성우에게도
나는 안 된다고 딱 잘라 말하지 않았다. 하지만 이번에는 이
기적인 이유 때문이 아니었다. 성우는 나를 난처하게 만드는
귀찮은 문제를 해결해줄 남자가 아니다. 내 짐을 더는 것이
아니라 서로의 짐을 함께 지고 가야 할지도 모르고, 그것보

다 훨씬 복잡한 일들이 기다리고 있을지도 모른다. 이런 생각을 하다 보니 갑자기 궁금해졌다. 성우의 정체가, 아니, 이게 말이 되는지 모르겠지만 성우가 성우인지 진우인지. 그 정신과 의사라는 작자의 허황된 얘기의 실체를 성우로부터 확인하고 싶었다.

"그런데 너 도대체 누구니?"

"얘가 갑자기 왜 이래? 내 제안이 제정신을 잃을 정도로 충격적이야?"

"네 이름이 뭐니? 아니, 내가 널 뭐라고 부르면 되는 거니?"

"오빠라고 부르든지."

"뭐 오빠?"

"내가 너보다 나이가 몇 살이나 많은 줄 알아?"

"그걸 알아서 어디다 쓰라고?"

그때였다. 우리 옆 테이블의 한 남자가 쓰러졌다.

*

카페는 순식간에 아수라장이 되었고 모두 쓰러진 남자를

보고는 어쩔 줄 몰라 했다. 남자는 심하게 경련을 일으키고 있었고, 누군가 빨리 119로 연락하라고 했다. 성우가 벌떡 일어나서 그에게 다가가서 망설임 없이 조치를 취하기 시작했다. 그리고 나는 그런 성우를 도왔다. 잠시 후 요란한 구급차의 소음과 함께 구급 대원들이 나타났다.

"상태가 심각하니 함께 가겠습니다. 의사입니다."

성우가 말했다. 옆에서 돕고 있던 나도 얼떨결에 구급차에 탔다.

병원에 쓰러진 남자의 보호자가 나타나고 담당 의사가 환자 상태를 얘기해준 후에야 성우는 자리에서 일어났다. 성우가 말했었다. 돌아다니다가 어디선가 네가 있을 곳은 여기며 네가 할 일은 바로 이것이니라, 하는 목소리가 들리면 그곳에서 영원히 있을 거라고. 성우는 어딘가로 떠날 필요가 없는 사람이었다. 적어도 내게는 성우가 있어야 할 그곳이 아주 분명하게 보였다.

성우가 나를 바라보고는 말했다.

"집에 가야지."

"그래."

찬바람이 부는 병원 앞길에서 누군가가 타고 내린 택시 뒷자리에 우리는 나란히 앉았다. 이제 더 이상 무얼 물어볼 필요가 없었다. 그는 내가 알고 있었던 지나간 밴드의 드러머가 아니었고, 처치 곤란의 백수도 아니었고, 그러므로 유성우도 아닐 것이다. 그렇다고 내가 이 남자를 모른다고, 아니 몰랐다고 할 수 있을까.

"집이 어디야?"

성우가 물었고, 나는 택시 기사에게 내 집의 방향을 가르쳐주었다. 내 옆에 앉아 있는 남자의 이마에 작은 금이 보였다. 그건 오래전에 내가 집어 던진 유리잔에 맞아 찢어진 상처였다. 이 남자가 유성우인지 유진우인지는 모르겠지만, 어쨌든 눈앞에 오래전부터 있어온 그 사람이 맞긴 맞았다.

솔직히 말하면 아까 성우가 아주 다르게 보였다. 그는 하나도 한심해 보이지 않았고, 어느 때보다 명료해 보였으며, 그는 살아 있었고 날아다녔다. 이런 우스운 표현까지는 하고 싶지 않은데 정말 빛이 났다. 땀에 젖어 엉망으로 구겨진 셔츠를 입고 머리카락이 흩어진 남자를 보고 이런 생각을 하게 될 줄은 몰랐다.

"네 친구인가 선배인가 말이야, 그 정신과 의사인가 하는 사람. 그 사람 어떤 사람이야?"

"무슨 뜻이야?"

"아니, 그냥."

"한마디로 괴짜야. 문제를 일으키는 바람에 쉬고 있는 중이니까 상담받을 생각은 하지 마. 너를 대상으로 어떤 실험을 할지도 모르니까 아예 상대하지 마."

어쩐지 그 정신과 의사의 실험 대상이 된 듯한 기분이 든다. 조금 불쾌하기도 하고, 그래서 확 결혼해버리겠다고 해서 그 남자가 어떻게 나오는지 두고 볼까 하는 생각도 들었지만 참기로 한다. 그렇다고 내가 무슨 손해를 본 것 같지도 않았고, 그가 그렇게 해서 나에게는 무언가가 아주 분명해졌으니까.

"한 가지만 물어볼게."

"……."

성우는 잠자코 나를 바라보았다. 나는 쑥스러운 질문을 아무렇지도 않게 했다.

"너 혹시 나 사랑하니?"

"걱정하지 마. 난 절대로 널 사랑하지 않을 테니까. 이제 됐지?"

"그래, 됐다. 나도 너 사랑 안 해."

"알고 있어. 그리고 상관없어. 넌 나뿐 아니라 다른 사람도 하지 않으니까."

"그걸 어떻게 알아?"

"글쎄, 내가 잘못 안 거니?"

"글쎄, 난 사람이 아니라 다른 걸 사랑해."

"그게 뭔지 물어보면 안 되겠지?"

"당연하지. 그걸 알면 넌 상심하게 될 거야."

"왜?"

"도저히 너랑은 상대가 안 되거든."

"그래?"

"그렇지만 실망할 필요는 없어. 아직은 내 짝사랑일 뿐이니까."

"안 어울리는 짓을 하고 있군."

"그래, 나도 알아. 그래도 할 수 없어."

"그렇지. 그런 게 사랑이지."

그런 게 사랑이라는 말하는 그, 그런 게 사랑이라는 걸 아는 그와 함께 택시에서 내렸다.

*

그가 나에게 처음으로 전화한 날 무슨 이유인지 알 수 없지만 전화를 끊은 후 나는 그의 번호를 저장했다. 그래서 그

의 번호가 내 휴대폰에 '성우 친구'라는 코드명을 부여받고
저장되었다. 나는 휴대폰에서 어떤 그룹에도 속하지 않은 채
있는 그의 번호를 쏘아보고 있다. 망설이고 있다. 지울까, 말
까가 아니라 걸까, 말까를.

에라 모르겠다는 심정으로 통화 버튼을 눌렀다.

전화를 받자마자 그가 말했다.

"승아 씨! 안 그래도 전화하려고 했었는데……."

그가 누구인지 무슨 의도인지 몰라도 사람 편하게 만드는
재주 하나는 탁월한 것 같다. 그는 그런 재주를 타고나서 정
신과 의사가 된 걸까. 정신과 의사이다 보니 그런 재주가 생
긴 걸까.

분명 전화를 한 건 나였는데 그는 나를 꼭 만나야 할 사람
처럼 굴었다. 덕분에 처음부터 왜 전화해야 하는지도 몰랐던
나의 망설임은 아무것도 아닌 것이 되었다. 그는 시간이 되면
만나서 얘기하고 싶다고 했고 우리는 약속 시간을 정했다.

이번에는 둘 다 약속 시간 십 분 전에 약속 장소에 나타났다.

"청혼에 답하려고 전화한 건 아니죠?"

자리에 마주 앉자마자 그가 말했다.

"맞아요."

"……."

“거절하려고요.”

“벌써요?”

“네?”

“시간이 좀더 걸릴 거라고 예상했거든요.”

“제가 수락하면 어쩌려고 그러셨어요?”

“제가 한 약속을 지켜야죠. 사람들은 모두 자기 자신과의 약속을 지키면서 사는 겁니다. 문제는 자신과 뭘 약속할지 모르는 사람들이죠. 제 약속에는 승아 씨에게 한 청혼만 있는 건 아닙니다.”

“물론 그것보다 훨씬 복잡하겠죠.”

“네, 과정은 복잡한데 목표는 단순하죠.”

“그 단순한 목표는 알 것 같네요. 성우를 만났어요. 아니, 이렇게 말해야 할 거 같네요. 진우를 만났어요.”

“아.”

그는 다 이해한다는 듯한 표정을 지었다. 그러니까 이건 뭔가, 그의 목표물은 진우였던 것이다. 그런 사람이 세상에 있다는 걸 증명하는 일.

“왜 그러셨어요?”

“시작은 좋은 의사 한 사람을 잃는 게 여러 사람에게 손해이기 때문이었죠.”

"지금 자신의 행동이 공익을 위한 거였다는 건가요?"

"네."

"뭐, 그렇다고 치죠. 하지만 나에게 진우라는 사람을 알리는 번거로운 방법을 쓴 이유는 뭔가요? 그렇다고 그가 다시 의사가 될 것 같지는 않은데요."

"그건 두고 봐야죠. 그가 제 발로 돌아오면 진짜 좋은 의사가 될 거예요. 그럼 그가 자신을 찾으려고 보낸 시간들은 헛된 것이 아니죠."

"그러는 당신은요?"

"저는 원래가 좋은 의사이고, 곧 진짜 진짜 좋은 의사가 될 예정이죠."

"돌아가면요?"

"네."

"돌아가시면 상담받으러 가죠. 진짜 진짜 좋은 의사 선생님께요."

"싫은데요."

"네?"

"저는 승아 씨는 환자가 아니라 친구로서 만나고 싶습니다. 다음에는요."

"왜요?"

"제가 친구가 없거든요."

"좀 그래 보이네요."

"네?"

"친구도 환자로 대하잖아요. 고치세요."

"누가 의사인지 모르겠네요."

"저는 이제 무얼 어떻게 하면 좋을까요?"

"의사한테 묻는 겁니까? 친구한테 묻는 겁니까?"

"글쎄요."

"의사로서 말하자면 당신은 치료가 불가능한 병에 걸린 겁니다. 병과 함께 살다가 죽을 운명인 거죠."

"의사 맞아요?"

"친구로서 나는 당신에게 이렇게 말할 겁니다. 기다리세요. 보일 겁니다. 왜냐하면 당신은 이제 당신이 누구인지 알고 있으니까요."

그와 헤어지면서 나는 그의 이름을 물었다. 그리고 집으로 돌아와 책상에 앉아 휴대폰을 꺼내 그의 번호를 다시 저장했다. 친구 그룹에, 그 자신의 이름으로.

*

비바람을 뚫고 우체국에 가서 소설을 보냈다. 밤을 꼬박 새웠는데 잠이 오지 않았다. 뜨거운 물에 목욕을 했다. 그래도 잠이 오지 않았다. 전화가 걸려왔다. 나오고 싶으면 나오라는 전화에 나는 생각해보고 그러겠다고 대답했다. 여전히 잠이 오지 않았다.

집을 나섰다. 우체국에 갈 때와는 달리 비는 오지 않았지만 하늘은 여전히 흐렸다. 그제야 내 손에 우산이 없다는 사실을 깨달았다. 아파트 입구. 더 나아가기 전에 집으로 뛰어들어가 우산을 가져와야 하는 거 아닌가.

준비성도 계획성도 없는 게 나의 가장 큰 약점이다. 거기다가 터무니없이 이럴 때마다 절대로 비는 안 와, 하고는 그대로 가버린다. 그랬는데도 비가 오면 그때는? 학교 다닐 때는 하늘만 약간 흐려도 우산을 꼭 챙겨 드는 효림 같은 친구가 있어서 같이 쓰면 그만이었고, 아니면 가까운 가게로 뛰어 들어가 우산을 살 수 있을 정도의 돈이 항상 있었고, 그것도 아니면 집으로 전화해서 엄마에게 비가 와서 집에 못 가겠어 엄마가 좀 와서 나 데리고 가, 하고 막무가내로 굴 수도 있었다. 그러면 엄마나 작은오빠가 진짜 나를 데리러 왔다.

하지만 이제는 그 모두가 미덥지 않다. 그리고 더는 그래서는 안 될 것 같다. 언제나 행운이 따라붙는 그 아이를 나는 여전히 기억하고 있지만 언제까지나 그 아이로 살 수는 없다. 나도 다른 사람들과 다르지 않다. 잘 안 되는 날도 있고, 잘 안 될 것 같은 일도 있다. 그래도 해야 하고 그렇게 하는 수밖에는 없다. 실패에 익숙해져가고 있으면서도 나는 더 이상 비관적이지 않다.

아직도 아파트 입구. 하늘은 여전히 흐리다. 하지만 나는 돌아가지 않는다. 비는 절대로 안 올 거야, 하면서 내 운을 믿어본다. 그것도 아니면 비 좀 맞는다고 죽지는 않아, 이렇게 중얼거리면서. 계속 나아간다. 앞으로. 앞으로.

시간이 나를 쓴다면

나중에 나는 이 모든 것이 대해
훨씬 더 자세히 쓰게 될 것이다.
— 페터 한트케,『소망 없는 불행』중에서

*

겨울이 끝났다. 날짜상으로는 적어도 그렇다. 새봄이 미룰 수 없이 오고 있다. 나는 통장을 펼쳐놓고 잔고를 점검해보고 있다. 이 집의 전세 계약부터 해결해야 할 것이다. 무슨 평계를 대면 고향 집으로 돌아가지 않을 수 있을까, 그리고 무엇보다 생계를 어떻게 해결할 것인가를 심각하게 생각해야 한다.

버지니아 울프는 스물아홉 살에 자신의 언니에게 보내는 편지에서 자신의 상황을 약간은 절망적으로 표현했다. 스물아홉 살에 아직 결혼도 안 하고, 청혼도 거부하고, 아이도 없고, 게다가 정신병이 있고, 작가도 아니고.

지금 나는 스물여덟 살에 아직 결혼도 안 하고 청혼도 거부하고 아이도 없고 그리고 작가도 아니다. 그러나 그때의 버지니아 울프보다 나는 젊고 게다가 정신병도 없으니 아주 절망적이지만은 않다고 생각한다.

그렇게 생각하면 정말 그렇게 되는 것이 인생이라고 언젠가 엄마가 말했다. 안 된다는 생각 그다음은 정말 아무것도 없지만 된다는 생각, 그리고 그다음에는 정말 무궁무진하다. 왠지 기대가 되는 느낌이다. 좋은 일이 있을 것만 같은, 그리고 내가 좋은 일을 해낼 수 있을 것 같은. 낙관적으로 생각하기로 한다. 내게 주어진 현실을 힘겨워하겠지만, 현실은 아주 조금밖에 달라지지 않았지만. 나는 느력할 것이고, 최선을 다해서 살아갈 것이다. 그것도 내가 원하고 사랑하고 즐거워하는 방식으로.

지금 나에게 중요한 건 희망을 포기하지 않는 일이다. 스물아홉 살이 될 때까지는 어떻게든 살아보겠다.

*

효림이 전화를 걸어왔다. 내 생일이었다. 자정이 지나자마자였다.

"생일 축하해."

"응."

"노래 부를까?"

"무슨, 한밤중에. 됐어, 충분해."

중학교 2학년 때부터 내 생일을 제일 먼저 축하해주는 사람은 늘 효림이었다. 앞으로 향후 몇 년도 어쩐지 그럴 것 같다.

"승아야, 내가 너한테 이 이야기를 했던가?"

"무슨 이야기?"

"우리 처음 만났을 때 말이야."

"지금 어느 적 이야기를 하려는 거니?"

"그때 너 병에 걸려 학교를 한 달인가 쉬었잖아."

"그랬었지. 그때 네가 노트를 들고 거의 매일 병문안을 왔었지."

"있잖아 나, 그때 네가 걸렸던 그 병에 걸린 적 없었어."

"뭐?"

"나도 그 병에 걸리고 싶었나 봐. 그래서, 그래서⋯⋯."

그때 나는 그 전염병으로 인해 이 세상의 대부분의 아이들이 처한 시간과 다른 시간에 있었다. 중학교 1학년은 본격적인 입시 경쟁의 시작이었다. 나는 출발선에 서자마자 불려

나가 격리되었다. 학교 가기 싫었고, 공부하기 싫었던 나는 그때 내가 운이 좋다고 생각했다. 그랬다. 세상 사람 모두가 걱정하고 운 나쁜 일이라 여겼던 그 병을 나는 그렇게 받아들였다. 어쩌면 지금도 그러고 있는 건지도 모른다.

그때 효림은 원래 내가 속한 세계와 연결시켜주는 유일한 끈이었다. 그때 나는 효림에게 부러운 자유, 그리고 무위였다. 1인실 병실. 나를 둘러싼, 위험하면서도 감미로운 공기.

1인치 가까이 다가온 죽음의 냄새. 그리고 돌아가야 할 곳의 피비린내. 나는 효림을 통해 언제든 돌아갈 수 있었고, 효림은 나를 통해 병에 걸릴 수도 있었다.

하지만 그것들은 우리가 선택할 수 있는 것이 아니었는지도 모른다. 결과적으로 효림은 병에 걸리지 못해 학교를 이탈하지 못했고, 나는 학교로 돌아갔지만 이전과 같은 성과는 없었다. 그렇다고 해서 우리가 완전히 실패했다고 말할 수 있을까. 병은 치유되지 않고 여전히 잠복 중일지도 모른다.

"효림아, 어디야?"

내가 물었다.

"모르겠어."

"……."

"여기가 어디일까? 지금 여기가 어디일까? 승아야, 너는 아니? 여기가, 아니, 거기가 어디인지.”

“나도 모르겠어.”

“그럼 계속 가야겠네.”

효림이 말했다.

“알 때까지?”

내가 말했다.

“그래, 알 때까지.”

효림이 대답했다.

알 때까지 가기로 했다. 알 때까지 가야 한다. 내가 되려는 사람이 누구인지, 내가 되고 싶은 사람이 누구인지, 내가 원하는 사람이 누구인지, 알 때까지, 계속, 끝까지.

*

꼭 이래야 하는 걸까?

*

나는 그와 함께 국제봉사단에 지원했다. 솔직히 내가 될 거라고 생각하지 않았다. 그들이 무엇을 선발 기준으로 삼는지 정확히 알 수는 없지만 어학 실력이나 체력 조건, 경력 등등이 나에게 그다지 유리할 것 같지는 않았다.

인터뷰에서 면접관들은 내게 여러 가지 질문을 했고, 나는 내가 될 거라고 생각하지 않았기 때문에 마음껏 대답했다.

이를테면 그들이 다른 지원자에 비해 당신이 나은 점은 무엇인가를 물었을 때, 나는 여기 어떤 사람들이 지원했는지 자세히 알 수는 없지만 나처럼 단시간에 여러 직장을 전전하지는 않았을 것 같고 나보다 더 잘 놀 수 있는 사람도 없을 것 같다고 대답했다.

그리고 그들은 나에게 가장 잘할 수 있는 일이 무어냐고 물었고, 나는 물론 놀고 즐기는 거라면 이등이 되어본 적이 없다고 했다. 그들은 이 일을 통해 당신이 궁극적으로 이루고 싶은 것이 무엇이냐고 물었고, 나는 글을 쓰는 사람이 되고 싶으며 이 일은 그런 종류의 일처럼 보인다고 했다.

그들은 이 일을 통해 당신이 받게 될 대가가 상상보다 적을 수 있다는 걸 아느냐고 물었고, 나는 내가 이 일을 통해 마

침내 이루게 될 것이 상상보다 대단한 것일 수도 있지 않겠
느냐고 대답했다.

인터뷰를 하기 전까지 나는 내 인생이 예측할 수 없는 곳
으로 흘러가고 있다는 생각을 하고 있었다. 하지만 인터뷰를
끝냈을 때 나는 내가 무엇을 하고 싶어 하는지, 어떻게 살고
싶은지를 확실히 깨달았다. 충동적이었지만, 결정적이었다.

＊

지금 나는 아프리카로 가고 있다.

＊

"얼마나 걸려?"
나는 옆자리의 그에게 물었다.
"응?"
"언제쯤 도착하느냐고?"
"몰라."

"모른다니?"

"이봐요, 윤승아 씨. 그곳과 이곳은 시차가 난답니다. 그걸 따지기 시작하면 이렇게 떠나는 게 무슨 의미가 있나요? 우리는 이제까지와는 다른 시간의 체계 속에 있게 될 겁니다. 알겠어요?"

내가 떠나온 곳과 도착할 곳은 시간부터가 다를 것이다. 그래, 지금 나는 나를 형성해온 시간의 경계를 넘고 있다.

*

아프리카 부족어로 사파리는
가서 무언가를 얻고 돌아온다는 의미이다.

'그러면'과 '그러면서' 사이에서 고민한다. 차라리 '그리고'가 나은가. 아님, 아예 없는 게. 같은 문장을 백 번도 더 소리 내어 읽었다. 그래도 여전히 확신이 서지 않는다면 다 잊을 만큼 덮어두었다가 다시 꺼내 처음부터 고치기 시작해야 한다. 소설은 마지막에는 그렇게 써진다. 그 멈춤 신호는 작가의 말을 쓰는 시간에 있는지도 모른다. 모든 것을 내려놓는 시간. 이제 그만 내려놓아야 하는 시간.

작가의 말을 쓰기 싫다.

이 소설은 작가가 주인공이다. 소설 속에서 그녀는 작가의 말을 쓰지 못했다. 하지만 그녀가 작가의 말을 영원히 쓰지 못할 거라고는 생각하지 않는다. 일어나야 할 일은 일어난

다. 머릿속에서 백 번도 더 그려본 일이 일어나는 건 당연하다. 자신이 얼마나 용감해질 수 있는지, 자신이 얼마나 예쁜지를 모르는 청춘을 생각한다. 그저 좋고 그래서 하고 싶지만 그것만으로 충분하지 않은 시간. 지금 하려는 일이 옳다는 확신과 그래도 된다는 허락이 필요한 시간.

작가의 말을 쓰고 싶다.

이 소설은 작가의 말을 쓰기 위해 쓰였다. 나는 작가가 되었지만 나를 작가로 만든 소설은 세상에 제대로 보일 수 없었다. 처음부터 다시 썼지만 그때의 내가 되려고 애썼다. 그때처럼 사나워지려고 애썼다. 그리고 그때처럼 무모해지려고 애썼다. 이제 다시는 내가 가질 수 없는 어떤 것을 생각한다. 운명과 가능성 사이에서 고민하는 시간. 좋아하는 것만으로도 나를 정의 내릴 수 있을 거라고 믿었던 시간.

작가의 말을 쓰고 있다.

2011년 여름

박주영

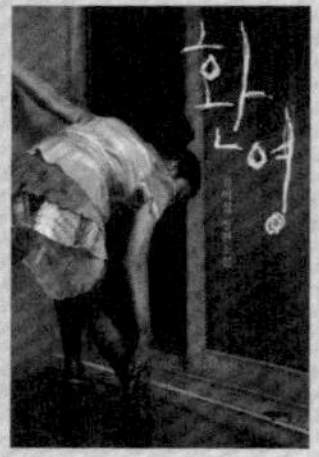

환영 | 김이설 장편소설

자의든 타의든 삶의 벼랑 끝에 내몰려 가족을 위해 자신을 희생하고 타락시켜야만 했던 여자, 윤영. 그녀의 모습을 통해 불공평한 현대사회의 이면을 탄탄하고도 긴장감 넘치는 문체로 재현함으로써 우리가 눈감고 싶은 불편한 현실을 강렬하게 그려냈다.

마리 오 정원 | 채현선 소설집

현실 속에서 경험될 수 있는 고통이나 아픔을 '환상적'이고 '신비주의'적인 방법을 통해 독특한 시선으로 풀어내고 있다. 수채화처럼 투명하면서도 아름다운 서사, 단정하면서도 낭만적인 문장들은 소설 전체를 관통하며 작가만의 작품 세계를 명확하게 보여준다.

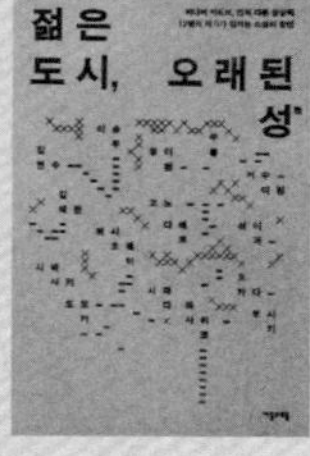

젊은 도시, 오래된 성(性)

| 이승우, 김연수, 정이현, 김애란 외

같은 시간, 다른 공간에서 탄생한 '도시'와 '성(性)'에 관한 이야기! 국내 최초로 시도되는 한중일 문학 교류 프로젝트의 첫번째 결실로, 3국의 작가들이 각각 다른 소재와 서사와 문체로 공통의 주제인 '도시'와 '성'을 말한다.

너는, 나의 꽃 | 강진 소설집

떠남과 돌아옴, 그 어둡고도 환한 사랑의 변주곡. 소설 속에서 드러나는 죽음의 이미지는 삶과의 완전한 단절이 아니라, 삶을 완성해나가는 관문이기도 하다. 그 과정에 작가 특유의 환상적인 시선으로 생의 갈피에 숨겨진 사랑과 인생의 의미를 찾아내 보인다.

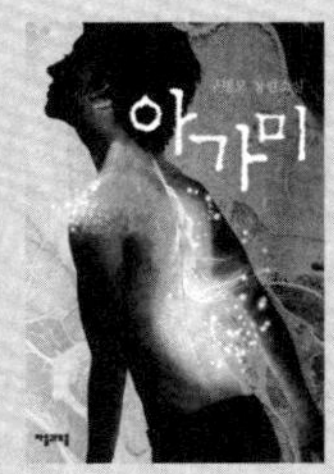

아가미 | 구병모 장편소설

죽음과 맞닥뜨린 순간, 생을 향한 몸부림으로 아가미를 갖게 된 남자와 그를 사랑한 이들의 가혹한 운명을 그린 소설. 작가 특유의 상상력과 개성 넘치는 서사로 절망적인 현실을 판타지적 요소로 반전시킨 참혹하면서도 아름답기 그지없는 작품이다.

그녀의 집은 어디인가 | 장은진 장편소설

온몸에 전기가 흐르는 여자 제이와 상처를 간직한 채 살아가는 불우한 두 남자 와이와 케이가 제이의 집을 찾아다니는 두 달간의 여정을 보여준다. '고립'과 '소통'에 대한 고민을 따뜻한 어조로 깊고 풍부하게 담아냈다.

옷의 시간들 | 김희진 장편소설

시대에 소외받고 상처받은 현대들이 모여 시름을 나누는 곳, 빨래방. 그곳에서 지금 막 이별한 여자와 이별을 준비하는 남자가 만났다. 누구나 겪을 수밖에 없는 '관계'의 문제를 톡톡 튀는 문장과 무겁지 않은 서사로 경쾌하게 그려냈다.

키위새 날다 | 구경미 장편소설

아내의 죽음을 국제상사 여주인 탓으로 돌리는 아버지. 큰딸 은수와 막내아들 경수는 아버지의 복수극에 반강제로 가담하게 되는데…… 느닷없는 복수극을 통해 슬픔을 극복해 나가는 은수네의 유쾌하면서도 애잔한 이야기가 펼쳐진다.

종이달

ⓒ 박주영, 2011
1판 1쇄 인쇄 2011년 6월 27일
1판 1쇄 발행 2011년 7월 12일

지은이   박주영
펴낸이   강병철
주간   정은영
편집   임선영 이수경 신주식 장지희
디자인   송민재
제작   장성준 김우진 박이수
영업   조광진 안재임 강승덕
마케팅   박제연 정지운
웹홍보   정의범 한설희 전소연 이혜미 김성아

펴낸곳   자음과모음
출판등록   2001년 5월 8일 제20-222호
주소   121-753 서울시 마포구 동교동 165-1 미래프라자빌딩 7층
전화   편집부 02) 324-2347, 총무부 02) 325-6047
팩스   편집부 02) 324-2348, 총무부 02) 2648-1311
이메일   neofiction@jamobook.com
홈페이지   www.jamo21.net

ISBN 978-89-5707-567-8(03810)